半農半創作，悠悠晃晃的每一天

早川由美的耕食生活手記

早川由美
朱信如—譯

種まきノート　ちくちく、畑、ごはんの暮らし

大藝出版

工作室與柴窯。右邊是主屋。

前言　自給自足的紅茶

所謂耕種，從播種到收成，一切都與土地有著深深地連結。勞動身體去除草、灌溉、施肥，身上沾著了泥土，便能深刻體會生命與土地之間也是緊密相連。我非常非常喜歡耕種與植樹，甚至是沉迷其中，也由於這是如此令人快樂的事，希望能夠將這份喜悅分享給大家。

故事的場景是在高知縣的山裡。我與先生哲平每日牽著狗狗散步，途中都會經過三棵栗子樹，那是一位八十八歲有著圓圓眼睛的可愛老先生豐太郎在五年前所種下的；每回散步經過，我們都會眺望一下豐太郎先生的栗子樹，它們自由地朝天際伸長而去；因此，我也起心動念在梯田的小果樹園裡種了三棵。三年之後，一位有著藍色眸子的八十七歲可愛老先生阿明阿公看到我的栗子樹不僅長大了，還結了果，便說「由美小姐的栗子樹長得好高了吶」，於是也跟著種起栗子樹。這讓我明白到，想要耕種與植樹的心情原來會這樣從這個人傳到另一個人身上，所以我想，如果可以這樣將一件美好、令人喜悅的事慢慢傳開來，還真不錯。

自從播下種子的那一刻，便與植物開始生活在一起了；而那種一刻也捨不得將視線轉移的心愛之情，究竟是為了什麼呢？因為開始種田，食材豐富了起來，就不用特地下山採購，生活變得輕鬆了點。像是青蔥、紫蘇、山芹菜、羅勒、蘿蔔、薑、大蒜及蘘荷等等，身邊垂手可得，這樣的生活實在讓人愉悅。於是生活就由播下種子的那一刻開始，隨著生活因應而生、需要靠手製作的東西也不斷增長繁衍，在不自覺中耕種就成為我日常的一部分了。

不只是耕種，採集也很有趣。家附近有野生的款冬、土當歸、茶樹、杏桃、梅子、枇杷、李子、櫻桃與藍莓，它們當然也是我家飲食生活中不可或缺的要角。

我骨子裡的繩文人※1一直無法安分。我想每個人的基因裡應該都存著想要攀爬樹枝摘取果實那般的自然渴望，所以我們一爬上樹就莫名感到欣喜。於是生活開始有了變化，生活型態從「採購」轉變為「製作」，像是自製杏桃果醬、蜜桃果醬、紅茶、滷款冬、味噌醃款冬、梅干、梅子汁、梅酒、杏桃酒、李子酒、醋漬蕗蕎、櫻桃冰淇淋與味噌，都非常有趣。

※1 譯註　繩文人，存於距今約八千五百年至二千五百年前的日本住民，為日本歷史上的第一個時代。繩文文化亦為目前考古史上最早的考古遺存發現。

最有趣的，莫過於自己動手做的過程！我的雙手，大家的雙手，都是了不起的工具。耕種人的目標雖然僅是小小的自給自足，卻也相當難以實現，因此僅能小範圍地實行著。即使如此，卻已能帶來極度的喜悅，感受到整個人的心靈都顫動著。

不採買的生活，意即是自己製作。許是因為不採買，也或許是因為自己製作而感到興奮；「製作」是一種創造，所以令人不自覺地任何東西都想動手做做看。

只要有土地，總有辦法能填飽肚子。擁有一畦小小田地與果園的生活，充滿了樂趣及驚喜。食衣住等事之中，只有在關於食的自給自足上，似乎不論哪件事在製作過程中都會產生香氣。

今天茶樹才剛長出嫩芽，我摘下那小小的一心二葉來製作紅茶。

以食指與拇指摘取，摘滿一籃子的量，就能在雙手中搓揉，於是淡淡的香氣油然而生，從一開始的草香變成紅茶的香氣之時，葉子便已軟化了，待葉子中的汁液被釋放出來，茶葉像飯團一樣結成一球，就用濕布將它包覆住，放在木桶中，浮在泡完澡後的浴缸水面上，蓋上浴缸蓋子，利用熱水蒸氣，讓茶葉發酵，葉子從青綠轉變成褐色。

次日早晨再將其放在籃子裡攤開，藉由陽光來烘乾；乾燥後就完成了。因為是有機種植，再加上是自己動手製作，迫不及待地想要一嚐究竟。醉人的香氣與層次豐富的味道，讓我對那平凡的茶樹湧上敬佩的心情。

先生哲平每天到了喝茶的時間就會說「幫我泡個由美紅茶」，我也因而愈做愈起勁。哲平很愛喝咖啡，但也喜歡紅茶，所以出門去辦展覽或是外出旅行時，總是會帶著這茶葉與自己創作的茶碗。

而且，茶葉似乎也很期待可以變成大家手中的那杯茶，總是大量地產出，於是我拿出鐵鍋翻炒烘乾，有時做成青茶，有時做成紅茶，一說到「都是從同樣的茶樹取得的」，大多數人都會認為不可思議。在谷相的石壁間處處長滿了茶樹，雖然有人說這些茶樹的種子是自己飄落而長成的，不過這石壁茶樹的間距卻幾乎是等距的，因此也有可能是從前住在這裡的人所種下的，谷相的人們從過去到現在，一直都喝著自給自足的茶。

我們家的茶樹還要過幾年才能採收到堆積如山的茶葉呢？到時就一口氣製作一年份的紅茶吧！我就這樣懷抱紅茶自給自足的小小夢想而生活著。

在這本耕食筆記中，將敘述我做著這小小的自給自足之夢的緣由，以及如何嘗試著去編織我的生活方式。徐徐地，將耕種的喜悅與時而當旅人的快樂傳遞出去，期盼有一天，耕種人與自然共生共榮的心，可以滿布於地球之上！

從玉屋看出去的風景。美麗又廣闊的梯田。

阿間河瀧
大石頭
山櫻花
交讓木
生的
櫸樹
小小的果樹園
道子與小健的
工寮
修司的田
山祇神社
茶園
榎木
藏王菩薩
相城遺址
小小的田
大塊田
柴窯
豐太郎
阿公的家
大石頭
大石頭
大元神社
香草園
TANIAI
住民分布圖
谷相地圖

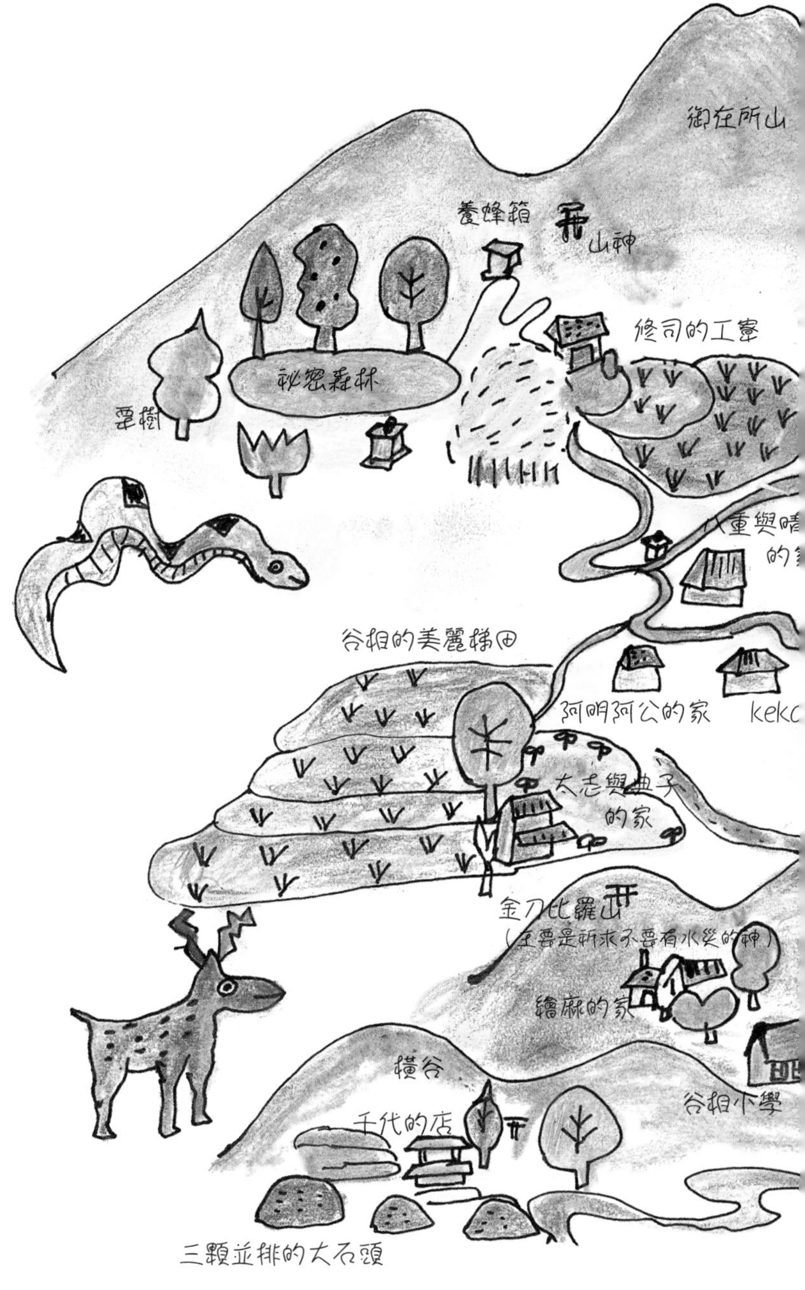
御在所山
養蜂箱
山神
修司的工寮
秘密森林
栗樹
谷相的美麗梯田
阿明阿公的家
太志與由子
的家
金刀比羅山
（主要是祈求不要有水災的神）
繪麻的家
橫谷
谷相小學
千代的店
三顆並排的大石頭

登場人物介紹

小野哲平……我的另一半。一九八五年開始一起生活。陶藝工作者。製作陶器。非常熱中於燒柴。不論是亞洲之旅，還是每一天，都輕鬆自在地與我為伴。

象平……一九八五年出生。哲平與我的孩子。一歲開始一同出門旅行。名字是喜歡大象的我取的；果真身體與心靈都長成大象般寬大。

鯛……一九九三年出生。哲平與我的孩子。當然，也是一歲就開始出門旅行了。喜歡旅行。因為我們偏愛泰國而取名為鯛（日文鯛與泰的發音同為tai）。人如其名，像是魚兒一般熱愛游泳。我後來得知一行禪師（Thich Nhat Hanh）也被喚作Tai，可是非常開心吶！

秀樹與庸子……秀樹是我的旅行夥伴，泰國、柬埔寨、印度等就一起去了數十次；一路上秀樹都熱烈說著他的夢想！我們家的工作室就是秀樹設計的，緣廊更是他親手打造；他的職業是庭院設計師。庸子則在高知市內開了家「花與器的店SUMI」（花と器SUMI），當初我想要找塊地時，就是她非常熱心幫忙。我們能夠在SUMI開設展覽、後來甚至搬來高知，也都是因為有秀樹與庸子的協助。庸子是個像太陽般溫暖的人，以高知方言來說，就是hachikin（指個性活潑豪爽，善良又好強的女性）！

日和佐八重與晴一……八重是我在耕種上的老師，從他會輕撫蘿蔔、蕪菁葉子的行為來看，就知道他是個重度的植物愛好者。摘取豆子、薯類的種子，讓美味一代又一代地種植延續下去，動用全身的感知能力來種植蔬菜。晴一會獵野豬取肉，養蜂採蜜等，是我們學習自給自足的典範。職業是樵夫，我們家的窯用的柴薪就是請他幫忙的。

繪麻（廣川繪麻）……三年前來我家寄宿，之後也成為谷相居民。擁有自己的窯，一邊作陶，也做我及哲平的助理。

渡邊道子與健……渡邊道子曾待過東京雜貨名店「ZAKKA」，因為想當我的助理而來到高知，也寄宿在我家。最近剛與健一起正式成為谷相的居民，在一間簡易工寮開始了新生活。

修司……健的朋友。跟著道子他們一起來到這，在我家寄宿一段時間後，開始在八重與晴一的田地還有我家後方的稻田耕種稻米。現在租居在阿明阿公的工寮。

阿明阿公……八十六歲的可愛阿公。谷相的在地人，現在每天從高知市內來谷相看顧他的田。眼睛咕溜溜地轉著，眼眸是藍色的。當我在散步道途中看見八十八歲的豐太郎阿公所栽種的栗子樹，覺得「這樹長得真快呀！」而跟著栽種；接著輪到阿明阿公看到「由美種的栗子樹長得真高大啊」於是也種起栗子樹。就這樣，我們一個接一個地種起樹來。

吉岡太志、吉岡典子……太志以製紙為業，跟我們家同一年搬來谷相。哲平接任谷相地區區長時，太志擔任總務一職；所以後來太志擔任區長，就換哲平做總務。目前住在屋齡一百二十年的老房子，一邊修繕一邊享受著生活。

朝倉千代……一樣是從外地搬來谷相，住的是間老屋，經營「珠芽屋」（むかごや），生產天然酵母麵包。

中村惠子……聽我們說谷相小學的小朋友有愈來愈多的趨勢，二話不說就搬來了谷相。自己開了一間叫做「楓文庫」的二手繪本行動書店，我也會去找她借書。

高尾爺爺……在谷相種了九反的米※1。因為八十歲的高尾爺爺認真照顧稻田，所產的米也獲得很高的評價。

前田泰生……谷相種植韭菜的專家，最大的特徵是臉頰上總是掛著微笑及黝黑的膚色。他是一起參加村中祭典的伙伴。

食客 藤井君……聽「步屋」的步美說他沒地方住，轉介來我家借宿，現在是教體操的老師，也在植樹隊、有機市場打工，並擔任我的助理。

食客晴琉屋方……以前我在常滑時，阿方曾幫我搭建工作室，作為他的大學畢業作。畢業後，回到山形縣耕種稻米，又到印尼去學習皮影戲（Wayang Kulit），並與妻子小梅一起組成「啾啾皮影戲團」（人形一座ホケキョ影絵芝居），現於日本全國各地公演，結合了印尼傳統的甘美蘭（Gamelan）音樂與日本戲劇，十分新鮮有趣。目前居住在千葉縣。

食客阿武……某次搭同班曼谷飛往印尼的班機臨時取消，乘客全被安置在過境飯店，因而認識。之後，到我們在常滑的家打工換宿，時常為我們煮美味的印度咖哩，也幫忙田裡的工作。曾經利用旅途中所學的知識在越南製鹽。現居東京。

中西直子……初窯的窯燒料理。開設行動餐廳「虎斑貓 bonbon」，供應蔬食料理。

高橋步美……亞洲食堂「步屋」的店主。

加奈……很會做窯燒料理、繩文烤麵包※2。

阿芝……窯燒料理的夥伴。高知的東南亞風味食堂「warn」每週一負責掌廚的人。正職是建築師。

一步……在鏡村擁有炭窯，以製炭為業。年輕人。

※1 譯註 一反為九九二平方公尺。

※2 編註 日本最早的麵食紀錄是繩文時代，有一說此種包著以味噌、醬油調味過的蔬菜為餡料的麵包是當時留傳下來的，因而得名。

1988 年 住家旁的倉庫前
哲平與由美，象平十二歲、鯛四歲
攝影 關川秀樹

高知山裡的生活

播種人的夢想

我也是種子，
自然的一部分。

成為播種人，
作著夢，
在地球上生活著。

人生就像織物，將每一天生活中的細小事情，輕輕紡成線。
從小小的興趣變成了無法自拔的嗜好，等到察覺時已在慢慢地進行著，並成了一個播種之人，在小小的稻田與小小的果樹園裡，緩緩地織出一大幅畫。

成為播種人的想法不斷鼓動著，煽動我的靈魂。雖然我無法看見這幅畫，但是藉由書寫，而讓它漸漸地在某個人眼前清楚呈現，令我感到很不可思議。

小時候，植物已敲開我的心房，成為我唯一的朋友。我記得有次從家裡沿著小河走，見到一片魚腥草，便對著一大片的魚腥草花說起話來。它們美得令人屏息、美得動人心魄，這就是我與植物最初的相遇，正是那時讓我感受到：從此之後不論遇到什麼事，它們都會在我身邊，充實我的心靈。

我阿公也是個綠手指，在小小的庭院栽植薔薇、果樹與蔬菜，還會堆肥，以柴燒水來洗澡；阿嬤則樂於依著四季節序手工醃製食物。

媽媽沉醉在裁縫機製衣中，腳踏裁縫機的噠噠聲伴著我成長。

他們各自的顏色染上了我，我再將這些紡成各種顏色的線。

我是在一九八五年搬到愛知縣常滑哲平居住的「天色小屋」（Sorairo House，就像繪本《小小的家》〔小さいお家〕裡的那模樣）後開始成為播種人，那時肚子裡懷著象平，剛好與播種栽植的感覺重疊，感覺甚好。

一搬來這裡之後很快地就在小小的田裡播下南瓜種子。

我在田間的土地上，內心鼓動著，柔軟的土地透露著令人懷念的氣味。

感受到自己就像是大自然的一部分，並與亞洲農村的人們連結在一起。

才剛播下種子，就開始幻想著長出南瓜的景象，實在令人開心。

我的夢想真的成真。南瓜結實的這個夢落在我的心裡，我夢想著與這些安靜的植物共處的時間與我現實生活的時間愈來愈靠近。

於是就這樣一路走來，我都在小小田間裡過著生活。

田間的綠色植物能讓人的心平靜下來，無論何時都能讓我找回自我，成為我精神上的依靠，成為我生活的中心，守候著我。不管發生什麼事，植物總能將我療癒，讓再次充滿活力的我，感覺到自己與宇宙、大自然的力量彼此連繫著。

我覺得「是播種讓我找到自己，並促使我動手創作吧」。

我們家雖然不大，四周卻有竹林與森林環繞，是這高起的小山丘上唯一的建物，四周一間房子也沒有，大約百坪大的田地，周邊種了大大的蜜柑樹跟桃樹各一。

田邊埋了四個堆肥桶；將糞肥堆進堆肥桶，然後等待發酵完成後即可施肥。

曾聽朋友說過，為了讓懷孕的女人專心養育肚子裡面住著的孩子，腦中會分泌令人開心的物質。果然如她所言，我從懷孕開始，心情就好得不得了，一路雀躍、歡欣歌唱地度過每一天。不論是播種、下田還是與哲平一起生活，每天都能開開心心，我想應該是拜這令人開心的腦內分泌物所賜吧！

田間播種真是樂趣多多，嘴上說來感覺很簡單，一旦自己親身去做，一不小心就無法自拔。試著想像自己是個小小的種子，不難感受那種以鬆軟的土為被，曬著暖洋洋的太陽，長成一棵青菜的喜悅。種子有各式各樣有趣的形狀，因此我用一塊麻布製作出一顆大種籽。

就這樣，我在一九八七年於東京的「玄海藝廊」舉辦了名為《播種人的夢想》（種まきびとの夢みるところ）的展覽，那時大兒子象平才剛滿兩歲。

當時，我已經十分沉迷於創作。在那家藝廊還遇見了赤木智子小姐※1。從懷孕開始，加上之後每天在家裡帶小孩，與社會脫節已有兩年多的時間，透過這首次的展覽，我才明確地知道怎樣才是真正的自己。啊！就這樣藉由我製作的東西，確切地感受到自己與社會、與其他的人們產生了關係，於是不管是創作或是耕種，都讓我深深著迷，愈來愈無法自拔。

現在一有年輕人來訪，哲平都會對他們說：「有沒有小孩都一樣，想做的人，就會

※1 原註　赤木智子在我們認識之後，與當代漆作家赤木明登結婚、移居輪島。我們家居住在常滑的時期，兩家人時常往來交流。著有《漆器與美食》（ぬりものとゴハン，講談社）。大藝出版發行有台灣版《赤木家的食器櫃》。

做。像她，從我們家小孩一歲時就開始工作了」。

不論是創作也好，還是下田耕作，我實在是太喜歡了，常常做到忘了時間。因為自己吃的東西可以從自己的手中生產出來，真的是非常棒的一件事。

我覺得只要有塊地可以耕種，就算沒有錢也沒關係。我們家有用常滑燒的大甕醃製的味噌及梅子各二十公斤。

此話怎說呢？當時哲平剛完成修業，從鯉江良二老師※2的門下獨立出來，工作便先在住家旁邊的簡陋小屋，裡面有一口瓦斯窯，就這樣開始創作，那時其實也沒有把握是否真有辦法可以這樣繼續下去。

然而事情也不會糟到哪裡去吧！我想再怎麼樣，只要田裡有食物日子總過得下去，於是就開始播下種子。接著，哲平的父親節郎先生※3也來幫忙，在住家周圍採集了一些食材炸成天婦羅來吃，他教我認識楤木芽、土當歸、竹筍、枸杞葉、蕨菜、莢果蕨、紫萁等等山菜，這才知道原來我們家周圍就是野菜的寶庫。

我們就這樣過著繩文人般的採集生活。原來常滑的山與海蘊育了豐富的食物，也愈來愈懂得生活於大自然中的樂趣及智慧。

挖挖貝類、採採海藻、挖挖竹筍、從漁夫手中接下魚獲。

現在回想起來還滿驚訝當時沒有錢的生活是怎麼過來的，大家聚在一起喝喝酒，那時阿方跟阿武在我們家修業，泰國畫師瓦桑，初出茅蘆的陶藝家潘及波普、皮克，各自待了三個月左右，這些人來來去去，讓我們家好不熱鬧呀！即使後來我們有了小孩，情況也沒因此有所變動，我家兩個小孩也就這麼跟這些寄居者一起成長。

雖然沒有錢，但是在山中海裡有取之不盡的食物，因此就算沒有錢，也還是有好多新奇有趣的事情可以做，想要種田、植更多的樹，期望有一天可以在山上蓋柴窯，從那個時候開始，夢想著不論是生活或是工作，可以自給自足，不用再依賴任何人。

我的夢想是創作與耕種，可以只做著自己喜歡的事情來過生活，被哲平說是只為了追求夢想跟理想而自找麻煩的人。

一旦我到了田裡，就完全忘我，如同鬼迷心竅般一次次地播種、育苗與種樹。

過著如夢般的生活真的很令人快樂，但若是作夢的力量不夠強大，也無法現在就實現。在夢想中，活力十足地種著田的我，就是一顆充滿生命力的種子，拚命想要發出芽、想要結成果，我像顆種子，緊緊抓著自然，當我明白自己已成為自然的一部分時，竟有種異常的喜悅與幸福，與鬆了一口氣的安心感。

※2 原註　鯉江良二，當代陶藝家。創作「變形」、「造形奇異」卻意外地令人感到舒服的器皿。

※3 原註　小野節郎，哲平的父親。作品有木雕的鴨子、鯰魚等動物造形、髮簪、木製湯匙、勺子、水果叉。野花素描。是名創作者，同時也會畫畫。他的生活方式在《節郎先生》（セツローさん，祥見知生著）、《節郎先生的素描簿》（セツローさんのスケッチブック，一上ラトルズ出版）、《節郎先生的創作》（セツローのものつくり，アノニマ　スタジオ出版）中有詳細的介紹，是非常棒也很可愛的人。

從前住在熱鬧的街道上，總覺得一個人孤伶伶的，無論如何都無法滿足，但現在已經不再感到不安與孤獨。因為知道自己是與自然一起共生共存、生活在地球之上，而有著滿滿的安心感。

隨著這樣的想法日趨強烈，甚至撼動我的靈魂，讓我熱烈地渴望生活在自然之中，沉浸於創作裡。

大概是這非常強烈的想法驅使我去行動吧！因此，當我沉迷其中時，一點也不覺得辛苦。

哲平笑我是個「只做自己喜歡的事情、幸福的人」。

但是，我覺得人生就是上天賜予我們時間，要我們去做自己所愛所享受的事情，所以本來就該要盡情去做、去作夢，不是嗎？

雖然是過著不用花錢的生活，但有時候還是會為了該如何賺錢養家而與哲平吵架。因為我們兩個都是創作者，自然就一定會有開設個展的行程。這時候眼中只有個展，其他的事情都不想做，當然會希望不論在生活上或工作上，都能相互分擔、一人一半，為了這件事，我們談過好幾次。現在想想，當時為了這些事情的爭執，對於我們或是我本身而言都是非常重要的基礎。深深地覺得人應該要自食其力。因此，如果沒有那些爭執，就沒有現在的我。

更年輕的時候，我曾經做過兒童美術教室的老師，但是，無論是我或哲平，都十分冀望可以以自己喜歡的事為業。

因此就算沒有錢，也不想隨隨便便去打份工、可以養家糊口就好，還是希望能夠依著自己所喜、想做之事而選擇的道路去走，工作就是每天的生活，因此才能夠更仔細地過生活，生活就是工作，工作就是生活，我們就從這裡出發。

我以耕種為縱線、創作為橫線，用這兩種染上我的顏色紡出來的線到底會編織出什麼樣的織物呢？雖然從我的眼中看不到成果，但也許可以從我所述說的字句當中、藉由各位的想像呈現出來吧！

旅行是生活，生活就是旅行

想要像唱歌般，製作東西。
想要像吟唱詩人，
一邊旅行，
一邊創作。

我一邊想著要以創作為業，一邊找尋自己的根。

一九七七年我展開了亞洲之旅，探望隻身前往馬來西亞檳島的父親。在我還是小孩的時候，父親開設了跨國合資的染色工廠，而待過台灣、韓國、馬來西亞，因此我們就過著在亞洲各國來來去去的生活。家裡滿是父親帶回來的亞洲風味食品、熱帶國家的水果乾、椰子口味的甜點等土產，因此即使到了現在，亞洲街頭的各個角落，就好比我的故鄉、我的原鄉，令我非常懷念而惆悵，那記憶、那味道不斷地在我心中呼喚。

一九八三年，我邂逅了來自泰國、「為生而歌」的流浪者樂團※1，並花了近兩個月與流浪者樂團一起遊歷了泰國東北地方伊森的農村、北泰山中少數民族現居的緬甸與中國邊境地帶。

當時因拜訪了寫作者農場※2、寄住在山中少數民族的小屋，深深的感動衝擊著我，有時想想，那次旅行應該就是我今日的生活起點。在那裡，人人與自然共生共榮，與大地相連結、深深扎根的模樣，正是我想像中未來的生活方式，因而被啟發了也說不定。在那次的旅行中，我不斷尋找自己的根基，最後終於找到了生活的起點。那是我回溯今日擁有的生活，所找到的一切始動之瞬間。

這裡每個人的生活都根基於大地，生猛、有活力。山中少數民族的生活，與丟失了生命根基的我們完全相反，總覺得可以帶給我們一些答案。人類最原始的質樸生活是非常有力量也充滿智慧的。看到他們利用小朋友走路的動力、綁上陀螺編織棉線的模樣；大肚子的女人懷裡抱著嬰兒，另一手還沒閒著地在傳統織布機上織出布疋，這些景象深深地打動我。這趟旅程很久以後仍舊深植我心，永難忘懷。

※1 原註　流浪者樂團（Caravan），一九八三年，水牛樂團在全國展開演出。
※2 原註　寫作者農場位於呵叻（Nakhon Ratchasima）的巴沖（Pak Chong）農場。

因此之後即使開始與哲平一起生活，也會帶著一歲的象平，再次造訪山中少數民族阿卡族※3的村落。

每天早上伴隨著太陽升起，耳中傳來以木臼搗米的砰砰聲，聽著這聲響醒來，一天於焉展開。夜裡，看見人們圍繞在火爐旁沉睡，那是人類最原始的生活方式。

旅行雖只是日常的片段，但是旅行結束後，經過沉澱，不消多時即在心中投下一波波漣漪，成為改變了我人生的力量。

有了孩子之後，我們也依然會到亞洲各地旅行。當時是一九八〇年代，正好盛行嬉皮文化，我們也成了與他們一樣，揹著大大的行囊、帶著鍋釜行走的背包客。現在我們也會揹著大大的行囊，但是旅行已是生活了。我們不斷地從旅行之中學習到很多的東西，眼前所及染布織物、拉坯、冶鐵製鍋、竹編等所有手工製作的東西，都是在亞洲的路上習得的。

我們也是一邊旅行然後一直不斷地製作東西而過生活。旅行一拉長就變成生活了，所以我和哲平身上的兩個行囊就是所有家當，不論煮飯洗衣，一切所需盡在此，構成了我們完美的小小家庭生活。

帶著小孩子旅行，大家見到我們，也不會因為是外國人而有所警戒，多會主動過來抱抱小朋友或是來攀談，這些都與我一個人旅行時不同，真的非常有趣。

要離開日本時，訂的是從成田機場出發的廉價航空機票，背上揹著大行囊，前面抱著一歲的象平，去搭東京JR山手線，事前不知會搭上尖峰時段的電車而吃盡苦頭，一邊安慰著哭鬧的象平，一邊還要顧好背上的行囊，真的是讓我亂了手腳。現在想想，當時的我因為還年輕才做了這些蠢事！當飛機即將降落時，象平又開始大哭，無助的我也很想放聲哭泣。抵達泰國曼谷後換搭巴士。曼谷的巴士即使是平日也非常擁擠，但是有座位的人友善地幫我抱著行囊，素昧平生的太太也幫我抱小孩，大家對於有困難的人都不會視而不見。特別是在泰國，小孩子就像神明般被重視、疼愛著，不論是在飛機、巴士、火車，或是船上，人們的親切對待讓我感到窩心，心裡充滿了溫暖。

小孩不管到哪裡很快就能交到朋友，而且還會帶來更多的朋友。我們家的第二位學徒阿武是在印度旅行時認識的。為了維持跟現在的旅行一樣，不用配合學校的休假安排，所以我們要趁著孩子上小學之前經常出國旅行，有時一去二、三個月，甚至拉長到八個月。

一九八八年，我們在泰國一條稱為佛統（Nakhon Pathom）的街上租屋住了四個月。本來只是因為辛巴克恩藝術大學（Silpakorn University）有陶藝課，我們想去見習，

※3 譯註　阿卡族（Akha）在泰國、緬甸與中國邊境穿著彩色民族服裝生活著。

沒想到一到那裡就有「啊！想住在這條街上」的感覺，因而實行了這個想法。

房子在佛統街的佛塔（這是泰國最大的佛塔，這條街上任何地方都能看見）附近，跟一位沙加朋先生租的。在佛塔的前面有個市場，我每天都會去那裡買吃的。之所以中意這條街就是因為有佛塔與市場。象平寄放在只有泰國人的育幼園，我也以泰國的土來染布，撿拾樹木的果實與種子製作拼貼作品（Collage），然後在曼谷的辛巴克恩藝術大學的藝廊及清邁的直根環境藝術中心（Tap Root Society）開了我與哲平的聯展。那時候的我們以過著吟唱詩人般的生活為目標，一邊旅行一邊創作。

哲平是個作陶者，比我更加辛苦。他接受辛巴克恩藝術大學陶藝教授的邀約，主講一場講座，要介紹日本常滑陶藝家，還給了一個空間展覽相關作品，因此結束後得再將作品綑包送回日本，因為日本也要開展。

然後當時的旅行也還繼續下去，大約花了三個月，從印度的加爾各答到東北部的聖地瓦拉納西※4，以及從首都德里到尼泊爾的加德滿都繞了一圈，旅途中，一度因為象平鬧肚子而回到曼谷，住進曼谷中央醫院（Bangkok General Hospital）。

拜訪尼泊爾的帕坦（Patan）老街，照相時發現象平的腳纖細瘦弱過了頭。雖然在瓦拉納西與德里也都帶他去看過醫生，等了三、四天後退燒後，查不出病因便也繼續旅行。這次一入院就立刻讓他坐上輪椅，我才知道他病得不輕，後來查出是得了傷寒

※5。泰國的畫家朋友瓦桑說他小時候也曾得過這種病。我們就這樣沒有被隔離，連同我與哲平也一起在病房裡住了兩個星期。

帶著小孩在印度旅行是很吃力的事情，這是去了才知道的。在當地幾乎沒有適合小朋友吃的食物，印度料理一定會加辛香料，只好吃中華料理，但吃來吃去也只有炒麵之類的少數選擇，而且用的油沒有很好，吃來負擔很大。後來，我們搬進久美子小姐在瓦拉納西的房子，她的先生是在武藏野美術大學留學時，與她相識的。

當時很多人去畢業旅行或長期旅行，但久美子小姐不但接受我們突然進住，吃到她做的日本料理也瞬間讓我感到安心，那時她對我說：「帶著小朋友到印度，若沒有帶鍋子煮飯就太可憐了」，有了這一次的旅行經驗，從此之後我們出國便會帶著鍋子、味噌、醬油、梅干、麩、海帶、昆布和鰹魚醬油，即使哪天又鬧肚子了，至少也還能煮粥吃。

象平一出院，又換成哲平在印度一直拉肚子，我們又再次進了醫院，診斷結果是慢性腹瀉。同路線旅行的友人們也得到阿米巴痢疾。即使一路很坎坷，但印度在我的心裡留下的印象，是一個布料非常棒、非常美麗的國家。如果被問到「人生最後一趟旅

※4 原註　聖地瓦拉納西（Varanasi），在旅行途中讓我印象最深刻的一條街。自中世紀就已存在，至今仍維持著古老的模樣，隨處可見印度教神像。

※5 譯註　傷寒是由沙門氏桿菌（Salmonella typhi）所引起的一種腸熱病。

行，會想去哪裡呢？」，我想還是會回答印度吧！

即使長途旅行的時間愈拉愈長，我們在日本常滑依舊租了間房子，支付很便宜的租金，而在亞洲旅行與在日本的生活費相去不遠。我們都住在便宜的地方，比方說我們從尼泊爾的波卡拉（Pokhara）開始縱走，夜晚投宿在看得到魚尾峰（Machapuchare）的丹普斯村（Dhampus）時，一晚只要十盧比（約日幣四十圓）左右。漸漸的，在亞洲各地旅行的時間變長了，幾乎有點分不清究竟哪裡是我家了。那段期間我們時常投宿在帕拉阿提街（Phra Athit road）上的民宿披奇會館（Peachy Guest House），以此為據點，將大型行李寄放在此，再出發前往印度、尼泊爾、寮國、越南與印尼。每次一到這家民宿，旅途中身體的緊張感就能頓時解除，整個人很放鬆。從這裡回日本時，反而有種農閒時去外地討生活的感覺。從原始的亞洲來觀察對照，更能看得清楚那時的日本正處於泡沫經濟時期，所有人為了拚經濟而忙碌著。

從日本出發一抵達這兒，就會接到波恰納或瓦桑的電話問說：「何時要見面呢？」；要回日本的那一天，大家也到民宿來集合為我們送行，雲雀※6、勇造※7也會一起來，跟大家一塊兒喝喝啤酒、夾雜泰語與英語，天南地北地聊著。泰國國立法政大學（Thammasat University）就在附近，一旁湄南河（Chao Phraya River）緩緩地流動著。

這裡有個船塢，可以搭船到別處，是個交通便利的地方。現在我們一抵達曼谷就會來到這裡。距離我們第一次來這裡旅行也已經過了二十年，街道變得很乾淨，即使如此，賣著好吃的印度煎餅※8小販也還在同樣的地方，人潮聚集的市場，不論是以前抑或現在都還是一樣熱鬧滾滾沒有什麼改變，唯一改變的是我們的孩子一個已經二十三歲，另一個也十五歲了，我們隨著歲月的推移，增長了年紀而已。即使現在我位於谷相寫作的期間，亞洲各地的市場依舊還是那樣暑氣蒸騰、人氣鼎盛。

居住在常滑的那段期間，既嚮往於田中耕種，也熱衷於旅行。

看到、觸碰到、嗅到，五感所感受到的一切，都飛快地進入身體裡，很高興自己的感覺可以變得如此敏銳，不論什麼事情都能被吸收了。

現在，在創作時，或在田裡的時候，佛統市場的味道、瓦拉納西的紗麗（sari）不時會浮現。旅行就這麼長時間進駐在我身體的一隅，慢慢熟成後，在我創作、書寫時化成了語彙，一口氣迸了出來。

旅行中所吸收的東西現今也仍深植在我體內，不時地冒出頭。然後在適當的時機點

※6 原註　森下雲雀。我在他的著作《愛上芫荽》（愛しのパクチー）中擔任插畫。她曾在泰國的坤敬住過。來我家住過一陣子後，搬到常滑，現在往返於京都跟泰國，從事寫作。著有《泰國茶、亞洲茶》（タイのお茶、アジアのお茶，出版社ビレッジプレス）、《小芹的酷夏》（セリの暑い夏，理論社）、《熱情的泰國》（陽気のタイランド，理論社）。

※7 原註　豐田勇造。歌手。《那麼，再來一次吧！》（さあ、もういっぺん）這張專輯真是令人懷念啊！目前常往返於京都跟泰國。

※8 原註　煎餅（Roti）是伊斯蘭圈的食物，口感介於大阪燒與派之間。

下，就從我的雙手像是施展魔法般點石成金。旅行，是我創作的泉源與根本。

高知山裡的生活

穿梭在旅人與耕種者兩種身分之間，
往返於亞洲各地。
最後在高知山上小小梯田裡扎下了根，
如同旅行那樣，生活也隨興地展開了。

一九九八年，我們從愛知縣常滑搬進高知的谷相。哲平想要搭建自己的柴窯，我則希望能有塊小小的田地及一片果樹園，於是開始找尋土地。

偶然的機會下，我們在高知的藝廊「花與器的店ＳＵＭＩ」辦展時認識的庸子及秀樹，幫我們找到了位於谷相的土地。

我們家一開始是由秀樹來設計工作場，由當地的木工使用這山上的樹木、土與灰泥搭建，土牆是以竹編為基底一起施作。完工後，我們就帶著小孩、七隻雞、兩隻狗及文旦、李子樹一起遷移過去，竟然有種像是在旅行的感覺，宛如延續著旅行的生活。

在山中的生活，與大自然息息相關的智慧多得驚人。狸子油、被稱為地蜜的蜂蜜、毒蛇泡的酒、明月草、大野芋、佛手瓜、地瓜葉梗等等，高知特有的食物，為了喚醒沉睡在我身體裡的野性，就得將自然吃進身體裡面；其他還有像是繩文人也吃的橡實豆腐、橡實與栗子也都拿來食用；於是可以感覺到在我體內，與山神相聯的野性慢慢地甦醒。

來到這裡才知道，原來谷相是山神與精靈居住的山谷，這裡是水源地，變成河川的神之水分佈四處，因而有很多祭祀山神的祠廟。此間的山神據說全是女性的，不知是否因為女性是萬物之母的緣故，我們才能在這個山中，有樹、有水而得以生活。現在祭祀山神的儀式，也是由當地居民口耳相傳下來的。

山路從原本車子可通行的寬度往高處蜿蜒，漸漸縮成小徑，抵達山頂後有間小小的廟。有次我上山打掃這間廟，驚覺「啊！忘了帶鐮刀」，於是匆忙轉身要回去拿，一不小心失了方向找不到路，而成了獨留於山裡的迷途之人。

獨自一人在森林中，周圍是只有植物吐露的氣味與蟬聲唧唧不絕於耳的世界，讓我不禁認為這就是精靈所在的魔幻森林了。

此時我終於明白為何我們要祭祀山靈，人類在這山地之間是多麼地微渺，但我在心中向山神祈求「神啊！請允許我進入山裡」，不可思議地就不再感到害怕了。

當時，我感覺在森林裡，似乎有什麼正溫柔地守護著自己。森林裡面孕育著山豬、鹿、狸貓與貓頭鷹等各種生命，有時候在山裡頭巧遇山豬與鹿，彼此凝視著，但牠們靜靜地看著我，而我亦一動也動不了。心中有股神聖的感覺油然而生，不自覺地全身顫抖，那是對大自然創造出這一切的敬畏之心吧！

很久以前的精靈信仰變成對山神的敬畏，且至今仍然被人們承續著，實在很了不起。明治以後這裡也建造了鳥居，但是在很早之前的神尊應該是山神。我試著尋找代表此山神尊的石頭，發現每尊山神都有一顆代表祂的大石。我在一本《精靈之王》（中澤新一，講談社）裡讀到，在高知宿毛一帶的神社或寺廟中有繩文時代的神明石像。也有些地方是將鑄鐵之物、化石或石頭放入廟中供奉。不知谷相這一帶是否也有繩文人住過呢？

實際從高知縣的足摺岬望去可以看見巨石群，據說是四、五千年前繩文人祭祀的巨石與石柱，它們被稱為石圈（stonecircle）或立石列，是作為共同墓地而舉行祭祀之處。如此說來，在谷相的大元神社後面，河川入口也有大石頭堆積，且聚落裡到處都祭祀著代表山神的大石頭。

在千代家前面的梯田上也有三個平頂的大石頭並排著，我稱之為谷相繩文巨石群。每當我坐在那些巨石上，不知為何，總覺得它們應該是被當做祭祀對象的石頭。也就是說山神離我們的生活非常近，或許繩文時代就與我們比鄰而居。山下有條美良布街，聽說那裡有間魚店改建時，竟然挖出一間繩文時代儲存橡實的倉庫。

那間倉庫裡所儲藏的橡實數量多到讓人覺得不太可能只屬於一個家族，因為還連同許多壺（繩文式土器）的碎片一起被發現，推測應該是間橡實加工場，橡實應是大規模地從山上採集，甚或是人工栽種。

應該是因為橡實需放進壺裡曬乾後才能食用的關係吧！此外好像還種了栗子、豆子和葫蘆，因此幾乎可斷言這裡曾經有個很大的聚落。

現在高知安藝地方還有人製作、販售橡實豆腐，而谷相人則是將橡實核果炒來吃。想像著繩文時代，原來從古至今人們都一致誠心祭祀山神，就覺得很有意思。種著繩文人也會採果食用的栗子樹，今後也多吃些自繩文時代起就被食用的栗子吧！

接近村子正中央的地方，有間校舍刷成粉紅色的谷相小學，我家的小兒子鯛就入學於這間學生僅三人，包含校長在內老師也總共三人的小學。我在第一年當家長會副會長，第二年就成了最後一屆的家長會長了。

現在雖已廢校了，但從山下坐車一進到谷相，最先看到的就是這間粉紅色的谷相小學，慶幸它還在的同時，懷念它的心還是會揪了一下。

不知是不是過去曾好幾次到這間學校裡來的關係。以前為了舉辦運動會、女兒節、七夕祭、敬老會、耶誕節，地方上所有的人都會聚集到學校來。為這麼多人準備大盤料理※1雖然很辛苦，但是也帶給大家許多快樂的回憶。當地人都是以農為業，每天談話的內容多是關於稻子、茶葉等等，有時會聊到山豬、狸貓帶來的損害，甚至是抓蛇的方法等，關於野生自然的種種話題。

此地的原居民，幾千幾百年前就來到山中過著打獵採集或農耕的生活，因此大家都有代代相傳的生活智慧與技術。太古的智慧與現今的知識、資訊等被輸入腦中的東西不同，是藉由身體的五感，啟動視覺、聽覺、嗅覺、味覺、觸覺一邊感覺一邊學習而來的，擁有這些技術的村民們，人人都是個性鮮明、面目清晰、信念堅定而令人尊重。我們還遠遠不及他們，未具備有住在山中需有的智慧與手藝，我想我得要更加努力快點找回自己的那些原始感知力才行。

※1 原註　大盤（皿鉢）料理，高知特有的待客料理，在一個大盤中，裝進鯖魚壽司、小菜、甜點等各式餐點。

透過觸摸、嗅聞、觀察或是張耳傾聽，我向谷相的人們學習到很多事情。
然後在谷相的梯田闢了屬於我的小小田地與果樹園，期待我的綠手指可以甦醒，期待綠色種子能開始生長。

種樹

草人們、樹人們，美洲原住民似乎是這麼稱呼植物的。因為他們認為，草木與人的生命皆為平等。

人體有百分之七十以上是水，如果沒有水將無法生存，草木皆同。換句話說，藉由水這個共通點，植物與人類彼此有了關聯。

我想種樹的樂趣在於可以一邊感受著植物的力量，一邊耕土、看著水在流動，在太陽底下生活。這樣每天與花草、樹木交流的植物生活，真的能豐潤我的心；與自然的接觸，教導了我去理解人與植物一樣，都是自然的一部分。

觸摸著小果樹園與田間溫柔的草木蔬果，來到谷相這兒已經十年。工作場後面的

四、五層梯田長著枝葉茂盛的杉木，我們請樵夫晴一來幫忙砍伐，再劈成五十公分長的柴薪，用來燒洗澡水。也因此需要再往下再開墾一層。

我們在這裡不斷地栽種了杏桃、李子、栗子、茱萸果、櫻桃、梅、檀、檸檬、藍莓、枇杷、梨子、蘋果、柿子、柳丁、文旦、蜜柑、無花果、石榴、酸桔仔（香檬）、柚子、芭蕉，形成了一個小小的果樹園。

每年也忙著在梯田種下竹子，究竟先長出來的會是樹木，還是竹子呢？剛開始時，得在梯田上開墾、引水才能植入果樹苗，冬天得施雞糞與油粕，照料這些植物實在很有趣，雖然樹木不會轉眼就長大，但是散步等不經意走過時定睛看一看，就會感覺得到它們確實是一點一滴地成長著。

伐了梯田的杉木，製成一年份的柴，拿來燒洗澡水後成了薪灰，再拿來撒在樹苗的根上，讓小樹吸收營養後，長出繁盛的葉子。薪柴與育苗，看似無關，實是環環相連，無限循環。

聽說美洲原住民會聚集在大樹下祝禱。祈禱是一種作夢的過程，作著樹木終於長大、結果、變成森林的夢；有夢，才能實現。所以可以說有樹的地方就是神聖的夢想之地。對我來說也是，樹木是我的夢想。

種樹對我而言就是在作夢，不是以自己的時間軸為中心，而是過著以植物為主的時間。

看著那小小的樹苗，一邊感覺作夢的時間是如此可愛。我夢寐以求的森林就在那裡，總有一天會長出結實累累的果實。去年，櫻桃與杏桃是多到吃不完的大豐收。我夢想著，有一天，不論哪一棵樹都能結出豐碩成果，因此現在，我低著身除草、在梯田的梯階上上下下忙著。

但有時候也會夢想破滅。

播種後卻因為缺水而枯死，或梅雨季裡積水不退而泡爛了根。從天未明之際開始，直到傍晚都在鋤草、伐木，令人筋疲力竭不堪。

我知道大約在穀雨的時節會有向山神阿間河瀧祈雨的祭祀，而我是來到這裡以後才真確體會到，水對於種稻人、對植物，或是森林都是那麼重要、不可或缺的。

我們在住家附近種下許多樹，但經過了十年，到了今年夏天，住家的周圍才終於長出一大片樹林。

小朋友高興地對我說「這是由美設計的叢林庭院。」

我的叢林庭院是從一位手工抄紙的朋友那裡分到一株芭蕉開始的。

隔一年就長出了十株，然後分別移植在四個地方，在隔年又生出更多，住家跟工作場都是，被五、六公尺的香蕉（雖然是芭蕉，但我們家都這麼叫）的群生給覆蓋住了，我們都說「不管從哪個窗戶望去都看到香蕉」。

紙莎草、茶碗蓮與睡蓮也不斷增生，反正我有哲平燒的大缽，就這麼一個接一個將它們盛裝起。

倉庫旁邊的小庭院仿照日式庭院擺放著石頭，與魚腥草、三葉草同處共生的，還有大花山茱萸、山椒、鈴蘭、水仙、雪下紅梅、蝴蝶花、荷包牡丹、日本紫珠、佩蘭、水木賊，以及讓椎茸、袖珍菇等菇類寄生的段木。野薑花、薑黃、沖繩月桃、明日葉、橄欖、洋金花等等彼此緊挨著。

跨過小溪走向工作場，一路上長著梅花、白鵑梅、牛奶榕、曼珠沙華、姬檜扇水仙、梔子、野薔薇、櫻桃、蘘荷與月桂。

可惜瑞香和芍藥這兩種帶香氣的花都枯萎了。我非常喜歡有香味的植物。每當我種下這些植物時都會祈禱，祈禱它們可以好好生長，即使如此柿子樹還是枯萎了，一副不被人疼的模樣。似乎是因為它的根筆直地向下，碰到了梯田的底部而無法再生長。

即使試著重新種植，但它似乎不喜歡那裡，扭扭捏捏地要長不長，所以又將之挖了起來，在梯田的向陽處找了日照良好的地方再次種下。看來對於植物而言也是有不適合生存的環境，總在不知情的情況下就不見了，有次燒雜草沒注意到，便將它燒傷了。有時候一陣子才長了一點點，有時候去看突然長很大，應該是撒的灰燼發揮作用了吧！

廚房的窗台上，也形成一片自然，紫斑風鈴草、秋明菊、黃色野路菊，全都是那麼可愛動人。秋明菊又稱繩文菊，完全綻放時是那麼神聖美麗。畢竟它可是從繩文時代就代代相傳下來，繩文人也是一邊吃飯一邊觀賞。

諸草木從費盡心思裝扮，就已展現出如此美麗的姿態與力量，植物之所以了不起，在於它將大自然無以言喻的力量，呈現在你我眼前。與草木生活，讓我也自然而然地有這樣的心情，實在很不可思議。

開始與樹林共同生活後，發現樹召來了鳥兒們，而鳥兒們自然地啄食樹果，生長於森林中，自給自足著。

狸貓、山豬、鹿等野生動物也在這地球上的某座山裡，自然地與人共處於一個生活圈中，自給自足。

發現這項真理時，才明白森林敞開懷抱讓鳥、獸、所有野生的生命享用著。如果能有很大很大一片森林，那麼人們應該也能在森林的懷抱中自給自足。我想要住在森林中這樣的憧憬，或許就是一種人類對回歸自然的渴望。回歸森林應該就是生活在森林裡的夢想吧！那麼現在我種著樹，就是為了朝有天能夠在森林中生活※1的夢想所邁開的第一步了。

※1 原註　「在森林中的生活」語出亨利・大衛・梭羅（Henry David Thoreau，一八一七～一八六二）的《湖濱散記》（*Walden*）之原書名《*LIfe in the Woods*》。我在一九八〇年代讀的經典之作，作者梭羅為了追求自由地生活，而在森林小屋裡實踐簡單的生活。

孕育喜悅的身體

很多的喜悅、快樂、好心情
在我的底層轉呀轉地、
滾滾地轉動。
是什麼構成了我的根本呢？
我的身體、內心的深處，
有種狂野的感覺，有張野獸的嘴，
體內動物的血，
沙沙作響地流動著。

我與稱為「我」的個體，一起生存在北京原人開啟的人類五十萬年歷史的最前端——現在。

當我意識到這一點時，開始覺得身上所繼承的基因並不單純只屬於我自己，那也是未來人類的種子。

從某一天起，我開始感覺得到身體裡面的卵「啵」地一聲誕生的聲音。

在月亮的牽引之下，每個月左右邊的卵交替誕生，誕生的那天，我會感覺體內充滿了自然，有時會突然變得易感、胸口像是被什麼給滿滿塞住了，或是無來由地哭泣、對風、味道變得敏感，也會像動物般爆怒，身體騷動著，坐立難安，想要發洩一求舒暢。

特別是在春天，草木發著新芽之際，對於卵子誕生的感覺更是特別清楚，只有我才會有這樣的感覺嗎？

然後，我生了兩個小孩——象平、鯛，也就是曾有兩顆卵子受精了。受精的瞬間，我的身體、子宮似乎有了感應。

我原本以為，男人跟女人都一樣。

但是自從了解了深層的自己之後，才知道會排出卵子的女人的性、男人跟女人原始的身體機能，原來是有這麼大的差異。

全體人類，意識著自己身為自然中的一顆種子，一邊感覺到地球或宇宙的作用，耕土、聽聞水聲、焚火、與月亮的孩子一起生活，然後與更大的自然神祕相連繫著。

我明白這就是存在於我體內的女性特質，我發現擁有愉悅的身體，來自於歡喜地接受身為女人的心理。

我家兩個小孩是在常滑的一間山田醫院出生的。那是間以採用拉梅茲生產法，鼓勵丈夫一同進入產房參與自然生產的醫院。

當時，是以醫院的立場普遍會為產婦打催生針的年代，這家醫院認為生產是自然之事，主張回歸自然生產。

產婦的飲食也考量到餵養母奶，怕母親體內產生過敏原而採用了無農藥的雜穀菜食，非常好吃；也用肥皂洗布尿布等，一切站在為生產者著想的立場而為，是間非常好的醫院。

生產前也由山田醫生親自問診，因此讓人感覺是可以安心生產的地方，我們家兩個小孩臍帶都是由哲平剪下的。

生產，讓我感覺到身體如同動物般原始的瞬間。

至今回想起來，從來沒有意識過那樣動物般原始的自己。嬰兒在我體內向下迴旋，自我的骨盆掉落，不久後感覺像是棉被的胎盤也一起排出體外；還來不及消化生產所帶來的驚嚇，就得讓孩子吸吮我的乳房、餵他喝第一口母乳。每個女人都有各自的生產故事吧！有了這樣的經驗，我真正地明白人的生產，跟雞犬等動物一樣，是一種本能。那是感受自然偉大的力量、感受自然孕育生命的一場美好的體驗。至今，我仍時常回想起那當下，如動物般原始的自己，「砰」的一聲，產下生命瞬間的美好感覺，現在也成為我身體的一部分，是我獲得喜悅的身體之始。

我以近似坐姿的狀態，耳邊播放著的是喜歡的音樂，帶著放鬆而快樂的心情生產。過程是在我、助產士與哲平合力下進行，醫生只在一旁守護著。在山田醫生手下協助產婦生產的足立小姐，與我的年紀相仿，偶然成了我的助產士。我從足立小姐那兒學到的不只是生產，還有如何讓自己的身體舒服的方法，例如穿上多雙襪子的保暖健康法※[1]、民俗療法之一的溫熱刺激療法※[2]等身體保健作為，現在都已融入了我的生活成為不可或缺的一部分。

其中我想推薦的是暖呼呼的熱水袋，且最好是選擇陶製品；因為陶製品的保溫性能特別優異，即使過了一晚裡面的水都還是溫溫的，早上拿來洗臉剛好。在想要讓身體頭冷腳熱※[3]，或是孩子發燒時，都很好用。現在，孩子都已長大，不太會發燒了，熱水袋便幾乎都是我與哲平在用的了，可說是冬季天寒地凍時藏在棉被裡幸福。

我在小原村的西村自然農場學會做玄米菜飯、自然粗食療法（Macrobiotic）。其他還有像是以燒酒漬枇杷葉、將溫熱的蒟蒻拿來當貼布熱敷、芋頭磨成泥做芋泥義大利麵等，西村先生監製、東城百合子小姐所著的《在家也可以做的自然療法》（家庭でできる自然療法）已被我翻得破爛，手上這本已是重新再買過的第二本。我也會借給別人，因此這自然療法已在身邊散播出去。現在只要身體稍有不舒服，我會自己泡葛湯※4、玄米茶跟梅醬番茶來喝，大約喝個一、兩天身體狀況就能好轉了。

從女性的觀點，對於關照女性身體我很推薦寺門琢己這本淺顯易懂的《可愛的身體》（かわいいからだ，幻冬舍文庫）。裡面教我們頭痛的時候，可以將毛巾以熱水浸溼擰乾後，敷於後頸部，便得以緩解，還能順道熱敷眼睛。或拉拉耳尖也是處理頭痛的對策。

此外還有，知多半島「鳥之里農場」※5的裕子小姐告訴我，岡島瑞德倡導的「生理週期療法」※6。

※1 原註　保暖健康法（冷え取り）是我實踐了十五年的保暖健康法：依序穿上絹—木棉—絹—木棉四層襪子。絹布肚圍，圍上腹帶、襪套，然後裙子裡面再穿一件厚褲子（日本農村婦女勞動時穿的褲子），弄熱下半身。青木詠美子《懶人青木小姐驅寒的每一天》（ずぼらな青木さんの冷えとり毎日。メディアファクトリー）。
※2 原註　溫熱刺激療法（Thermie），給予自然治癒力的溫熱療法。點燃枇杷葉與艾草所製成的線香，輕拂身體。
※3 編註　在漢醫學裡，頭熱腳寒是身體血氣循環不佳所致，因而加強保暖、讓身體呈現頭寒腳暖的狀態是有益健康的。
※4 編註　葛湯，葛粉加熱水攪拌後做成的流質食物，具有暖身、好消化的特性，一般日本人會給癒後病人、離乳期嬰兒食用。
※5 原註　鳥之里農場（とりのさとの農場）以無農藥飼養雞蛋與種植野菜。
※6 原註　岡島瑞德《女人的身體，自己改善》（女のからだ、自分で改善。筑摩書房）。

他建議女性可以在生理期來的前一天，熱敷肩頸與眼部。在第一、二天量多的日子，用熱水泡腳泡至腳發紅。然後，生理期結束的那天，將手放在肚子上體內靠卵巢的部位。

就這樣每個月實踐，過了半年左右，也許這麼說來很令人難置信，但月經真的變得順暢許多，且感覺得到每次生理期結束後，身體都被淨化了。然後還有一件讓人感到舒服的事情就是布衛生棉※7。

是它讓我意識到我掌有這個女人的身體，甚至體驗到一種解放感。

身體，是所有人皆有的共通點吧！我覺得現在這時代，人們總是以頭腦思考為優先，之後才用心去感覺，最後才用身體去感覺；不自覺地忘了我們自身也是生物。而我則學著讓自己在要決定什麼事情的時候，以這樣做「自己的感覺好不好？」、「身體有什麼感受？」來進行選擇。

我發現，我們的身體就是自然；我們必須正視這所謂「我的身體」的這個自然，然後心靈跟身體才會合而為一。現在自然的聲音化成我們從身體深處發出的遺傳性過敏症、花粉症等；並非像是地球暖化那樣遙遠的議題，而是發生在我們身上的變異。

身體既是我們無法逃離的自然，也是地球的一分子；所以當我們在思考身體時，就不能不考慮到地球環境。

愈是深入瞭解神祕的大自然，意即我們的身體，才能進而養育它。

為了身體的存續，我們需要吃、睡、住、穿等，總之在食衣住等生活上當然都與地球、宇宙有關係。當瞭解這件事就能明白怎樣的生活方式，可以讓我們的身體開心；或要吃什麼等，身體才能感受到喜悅；學到穿戴什麼樣的衣物，身體最舒服；住在什麼樣的環境裡，身體感到舒適。

生活，不是時下流行的生活風格下的那種生活，生活是為了生存而在自然中與宇宙連繫互動著，一天一天過下去的日子。

※7原註　布衛生棉，不要買市售的成品，一針一線為自己做吧！

心靈支柱

心之神。
山之神。
太陽。
月亮。
支撐著我的心靈。

就好比是我的根基，支撐著我的心靈的是什麼呢？
這二十多年來，我在亞洲各國旅行，寄住在這些散落於亞洲各地的家。
我想我的根就在亞洲吧！

在我心中，或許有種回歸南方的想望吧！亞洲緩慢悠閒的氛圍總讓我感到身心愉悅，山上少數民族與大自然共生共榮的強韌與智慧也讓我心生嚮往。

偶爾，我覺得一針一黹織布的創作生活就是我的根，那創作的根又是什麼呢？我盡可能地自給自足以及在與亞洲各國的土地上生活而一路走到今日。我想，也許成為一名耕種者就是我的根了吧！於是我著手播種、植樹。

然後，住到谷相之後又有新的發現，不過都是最近的事。雖然只是一針一線地創作布衣、耕田、煮飯等等，但答案總會在不一樣的地方顯現。

前年，是我們來到谷相的第七年，第一次遇到谷相作為山中的主祭地區，而我們以作為這塊土地的一份子，參與了活動。

所謂的「主祭」是指負責照料祭祀時一切大小事務。

在各座山上散佈著小小的廟宇，一次會有五家住戶作為主祭，依照舊曆負責這一年間的祭祀事務。谷相整體還有另一項祭祀山神的活動，與我們這五家所負責的這件祭禮兩項一同約十年輪完一回。我是在前年參與了主祭之後，才知道這塊土地上有這麼多祭祀與慶典，而我們竟然住在這兒也已經七年了。

小時候在心中總認為神明無所不在，不管是上學時、遊玩、睡覺，都是拜神所賜，我才能好好活著。長大後，神明變得遙遠，甚至被遺忘了。有一次，正好是我們從泰北湄宏順（Mae Hong Son）山地少數民族阿卡族村裡待了一陣子之後，回到谷相，參加了在山上的山神祭典。我揹著在泰國登山的同一個背包，裡面裝著分餅用的麻糬及兩瓶祭祀用的酒「土佐鶴」。山神廟的鳥居與阿卡族的相當相似，樣式是很素樸的。阿卡族也吃糯米。有種不論是谷相這裡的人們，或是泰北山地少數民族，所做的事都是一樣的感覺。

身為五戶主祭的我們要負責準備祭品。在舊曆中幾個固定的日子，在阿間河瀧、大元神社、地藏王菩薩等廟宇舉行祭祀。

人人為了神明聚集而來，帶著祭品與酒，此外還有黑米、白米一升，成對的鏡餅※1，連根拔起的葉菜、胡蘿蔔、白蘿蔔，昆布與海苔，和菓子等，你帶一樣、我帶一樣地準備好，然後上山祭拜。眾神明如山神、水神、火神等，還有地藏王菩薩，換句話說，此地是泛神的精靈信仰。

日本雖然是個神道國家，但在明治以後神道色彩已逐漸淡薄，雖然仍有神官存在，但自古以來住在這片土地的人們流傳著的原始宗教、泛靈崇拜（animism）的信仰，則是透過這種主祭制度傳承下來。鳥居與神社等等的建物是在後來才被建造的，若想要一探更久以前的神尊之究竟，只要往神社的深處去找，大多都能找到大大的岩石。

之後來到谷相的年輕人（不管參加或不參加這類神事）會談論宗教自由。但其實不就是這泛靈崇拜嗎？對當地人而言，祭祀強烈意味著（與神明）溝通，大家都認為，這就是向神明祈求，因而得到神明的守護。

一進入山中，不知為何整個人的身、心感到輕盈、爽適。一定是在這山中，神明化成了大自然與我們同在吧！

我想人類文明的將來或許是可以預見的。地球暖化、九一一恐怖攻擊事件、大氣污染等，所有與人相關、細微的紛爭，都已化成彩虹、太陽、雨、雲霧來到這裡，此刻平等地降臨在大家的面前。

我屏息凝視著這出現在谷相的美麗彩虹，彷彿看到了神明在那彩虹上，化成水洗淨我的身體，化成空氣讓我們呼吸，化成火溫暖我們的身體，讓我們得以做出美味的料理。

吃著大自然養育的蔬果，透過蔬果，使得身體更加確記。

當支撐我的一切化做土壤、山地、樹林、彩虹、石頭之時，而我似乎也在其中看到了神明，我是因著它們而得以生存。

我曾經以為，我是靠著自己的力量而生的。

※1編註　糯米團揉成圓扁狀。

我也曾經相信，人類靠著自己的力量，使科學文明得以發展、為自己帶來越來越多的幸福。

然後，我也因為相信科學的力量而成為一名無神論者。

最後才發現，我過分相信人可以靠一己之力存活，以為人類什麼都能做到。

我曾認為科學跟宗教是處在光譜兩極的。

以前看到阿嬤在水龍頭貼著水神的符籙，在瓦斯爐附近貼有火神的符籙；我覺得水不就是水、火也只是火，對於崇拜火神、水神是一種陳腐的迷信。

然後，在亞洲各地旅行時，對於人們的祈禱、依賴宗教而生的行為，我也一直冷眼旁觀著。

然而谷相的人們因為耕種，而與大自然產生關係，一切都依賴著太陽而生，在山神面前顯得渺小無力，因此對於眾神的祭祀才會這樣代代延續下來吧！來到谷相，我才發現我找到了支撐著自己生命的眾神們，而祂們就在我心中。

與自然的關係之中，神與人之間，存在著類似巫師，會召喚神明、負責主持祭祀的神官。當有人哪裡不舒服，例如腰痛或是交通事故，就會從鄰近的物部村（現香美市）請來伊邪那岐流的神官來幫忙祛病※2。自己遇上的災病並不是靠自己，而是將一切託付在神明的手上。現代人身體有什麼狀況雖會去醫院看病，但還是會到神官那裡走一趟。在現今的網路時代，看到仍有人相信神官可能有人會覺得不可置信吧！在文明之下人類是偉大的，但在這裡，神明面前，人類卻是非常渺小的。

就在前幾天，附近的老婆婆身體不太舒服，幾度叫了救護車送去醫院，但也查不出是哪裡有問題；好幾次，住院隔天的黎明與陪同前來的老公一同等著回谷相的巴士。聽說後來請神官來看，說是被狸貓的靈附上了。說到這兒，老婆婆想起以前養過小狸貓，還抱過牠，一問之下是在老婆婆六歲時候的事，這才理解原來是狸貓惹的禍！

我在創作時，也曾似有若無地碰過相同的體驗。

明明是自己親手製作，但有時候在無心的狀態下，像是有另外一個人在做，那感覺很奇妙。

毫無疑問的，是自己的雙手在製作東西沒錯。但我知道就算自己沒有想著要怎麼做，手還是會自己動了起來。我的手被驅使著，讓我做，讓我去做。

就像所有的生物，都是被安排在大自然中，活著。

儘管人類遠離了大自然，但依舊無法完全離開大自然而活。

因為人類也是大自然的一部分。於是，我們可以想想，當大自然遭受破壞時，其實

※2 編註　祛病，伊邪那岐流音譯自「いざなぎ流」，是當地自古流傳下來的民間信仰。神官平時跟其他信徒同樣從事林業、農業，在有需要的時候才出動。其功能有四：主持祭祀、為病者祝禱、占卜神示、鎮靈防災。

也就是人類被侵壞，因此這裡的人們才會向山神祈禱。因為想要與稱之為山的自然有所連繫，想要進入山裡得到豐沛的恩賜，為了與大自然有連繫而祈禱，我開始覺得這樣的心是很重要的，甚至覺得這樣誠摯的心也許可以改變什麼。

只要來到神明的面前祈禱，心情就會自然地變得平靜、溫和、清爽。如果大家都能擁有這樣平和的心，或許也不用高喊反戰，世界自然也會和平。

祈禱的心。

在大自然中冥想。

我成為一顆種子，一棵樹。

稱之為「我」的個體，在自然之中找到自我。彷彿身在夢境之中，自我意識漸漸遠離，任隨生命洪流帶領著我。

於是，我不再只是我，而是有著更加謙虛的心態，在萬物協助下得以生存的我，然後傾聽鳥兒嘰嘰喳喳地鳴叫，再一次意識到自己，倏忽身體感到非常快樂。

那是身在自然之神的守護下會有的感受吧！因為大自然是慷慨寬容、是如母親般慈愛的地球。

今日終於找到了我的立身之處。

因此才能看見我的心在這塊土地上生根的模樣，真實體會到身心充實滿足的感覺。

我找到靜靜地支撐著我的東西。那是無法用頭腦去理解的，而是藉由身體深深地去體會。這尋找的過程，我花去非常多的時間，但若是與草木相比卻還短得很。只要將自己託付給這似有若無的宇宙，就能清楚明白到慈母大地是我們的根之所在。

一針一線織出了我

從前，我跟著一位眼睛不好的婆婆學習縫製工作褲。
她總是請媳婦幫忙在針上穿好線。
她說她的指尖有眼睛，可以「看到」針在布上的遊走，就這麼縫縫補補。
現在，我到了這個年紀，
好像也可以體會婆婆說的話了。
例如，遇到眼睛見不著之處時，手指仍能摸找著針進行縫補。
創作時，雖是製作眼睛可見之物，
但事實上，
也將眼睛看不見的東西加了進去。
那並非與技術相關，

而是將心，或是近似靈魂，
活在當下的自己，縫進去。
現在，我一針一線縫製著的，是冬日的大衣。
大衣對身體保暖很有用，
因此，我正努力地縫製一件立體剪裁的大衣。準備要縫製兩件。
手縫是讓我特別喜歡的工作，
一針一黹縫縫補補，真的是很令人開心。
雖說得要工作室與家裡兩邊忙，但利用中間空檔時間，
也縫製了三件。
不論哪一件，都讓我珍愛不已。
因為它們都是我，一邊摸著生命的形狀，
一邊感知到身體的靈魂，
穿針引線地製作著。
一絲一線地縫製著，
讓人忘我而快樂。

像是在述說著什麼般一絲一線地縫製著。
它們之中，有聽得懂的，也有聽不懂的。
我就像個孩子，熱中於一件事上，就這麼一針一黹織著，
慢慢地就有東西成形了。
東京駒場民藝館的刺子繡※1。
印度刺繡坎塔（Kantha）。
都不是靠頭腦思考製作出來的，
而是雙眸之間，有著感應機制，
在那裡，將那些無法言喻的感受化作圖象，在製作時，傳到手上。

在田裡的工作，也時時孜孜矻矻。
一針一線地編織是快樂的，因為那就好似在田間播種一樣。
感覺就像是在一片柔軟的大草原上尋找著想像中的東西一樣，
看著它逐漸成形。帶著興奮愉悅的心情，
走進田裡伸手一抓，有時採到黃瓜、有時是櫛瓜。

總是在夜裡睡前，創作的靈感，如顏色、形狀浮現眼前。
這樣的夜，出現在恆河聖城瓦拉納西、
峇里島內陸烏布、印度安朱納、泰國隆開。
創作的意欲萌生之際，特別令人開心。
那心情跟一顆沉睡在鬆軟土壤之中的種子一樣。

我借助著植物的力量。
我堅持使用草染、手織，又或是手紡的布來製作衣物。
在縫製之時，若使用草木染的藍色布料，能讓蟲、蛇無法近身。
各種植物，各有效用。
因為是要穿在身上的，所以要的不僅是植物製天然顏色的溫和不傷身，
甚至是對身體有益的。
比如，拼布，據說是一種受到星宿、風等自然祝福的布。
在布裡，或許摻著為了某個人而織的意念，
美的東西，並不是單純因為設計，而在於它所蘊含的意義裡。

※1編註　刺子繡，指一種在布上繡出幾何等圖形的刺繡手工藝。

對身體有益、令人舒服的事物，心可以感受得到的，
若是人人的生活中，可以注入這所謂植物的力量，
應該就能感受到草木帶來的自然，其實近在眼前。

今日，正當我埋首工作之中，
八重帶著品種名為「北明」的馬鈴薯而來，
對我說：「這傢伙的芽眼是紅的」。
將馬鈴薯擬人化的說法，
若非用心在田裡栽種的人，應該是無法體會其中的意義的。

栽種植物、養育孩子，過程中應該會發現這一切都在一股偉大的力量之下運行著。
非得要這樣、一定是那樣，
否則有毒……，那些讓人感到害怕的事情——
換句話說即所謂的知識、需要動腦去理解的事情，其實完全無法動搖自然的運行。
真正強大的，是那偉大的力量。
像是被自然守護著的感覺，近似直覺。

生活手作
草木染
日本古代，從飛鳥奈良時代口耳相傳的下來「染色口傳」，認為草木與人類一樣同是大自然創造的生物，因此認為應向木靈祈福，始得製作草木染。
有哪些是可以作為染料的植物呢？
雜草類
青茅、芒草、藎草、刈萱、蓬草、荻草、葛藤、虎杖、高莖一枝黃、一年蓬、莎草、羊蹄草
所需分量約為要染色的布2～4倍
樹
櫻花樹、胡桃樹、桑樹、茶樹、栗子樹、松樹、山桃、梅、日本榿木、黃柏、橡樹、櫟樹、蘇木、綠赤楊
樹皮或果實的重量大約是布的一半
染布的方法
化學纖維無法上色
1
在這裡，我們用木棉布做的衣服來染色。將布放入有肥皂水中一同煮沸，可去除污垢，便於上色。
2
取要染的布重量之20~30倍的水放入鍋子，放入採集來的草木後，加熱煮。若能用柴燒的話，火力更強更佳。
每100公克的布須準備2公升的染液
3
沸騰後，再煮20分鐘左右，濾掉煮汁。（同樣的步驟）反覆2~4回，汲取2公升的染液（染100公克的布）
4
將布／衣服放入步驟3的染液中，以強火煮40分鐘，然後讓布／衣服泡著，待整鍋放涼後再以清水洗淨後曬乾。
5
在溫水中加入媒染劑：明礬10公克/1公升 或 木醋酸鐵3公克/1公升，放入布／衣服後充分攪拌，浸置15分鐘後用清水洗淨。
6
再次將布／衣服放到染液中滾40分鐘，因為木棉不易上色，故須多次重覆步驟4~6。

又像母親與孩子心心相連，
像樹根抓著土壤安靜而有力。
我認為，這樣的力量，驅使著一個人。

然後，在作品上，就呈現出一個人的本質。
給別人的感覺。與眾不同的個人特質。

一針一線縫了又縫。
一絲一線織造出我。

仔細一想，除此之外，再也沒有其他事物可以滿足我了。
我愛上靠這一針一線創作的世界，拿什麼來我都不換。
我非常喜歡布。好喜歡，好喜歡，無法自拔地喜歡著。
只要發現一件喜歡的事情，其他什麼事也不做，
只專心致志地在這件喜歡的事情上，終有一天會看見成果。
或許，是想像的力量。或許，是作夢的力量。
在雙手製作之前，於雙眼之間感應之際，就已完成了大半。
作夢的時間積累出現在的我，作著與自然共生同存的夢想時間。

一針一線地織造

一針一線地織造，與在田裡播種相似。
在一望無際的草叢裡，
一步一步朝想像中的樣子去耕耘。
從草中隨手一捉就能摘些黑瓜、冬瓜，
創作時的心情跟播種時很像。

小時候，我幾乎不大買衣服。穿的是製作者為了某人而一針一線縫製的衣物。媽媽、阿嬤、叔叔為了我親手縫製的衣物，從小褲褲、衛生衣、帽子、體育服等都有。因為媽媽很喜歡自己動手做，因此從毛衣到大衣，在時裝書刊上看到覺得喜歡的，只要跟她說，她一定不辭辛勞地為我做出來。

衣服即使破了，修補一下還是可以繼續穿好久好久。在最近的四十年間，衣物已隨處可買到，不過在昭和三〇、四〇年代，家家戶戶都還是這樣由媽媽自己製作衣服。收集而來的零碎布料，在媽媽的縫紉機下搖身一變成了玩偶的衣服。而我現在也是這樣，一大段布匹，不須畫圖打樣，拿起剪刀，一刀裁下大約的形狀縫起就是。

不少人問我，開始做衣服的動機是什麼。那是因為市面上找不到讓我想穿的衣服，於是只好開始自己縫製了。

最初，也是因為我希望自己與家人可以不用去外面買衣服，想要過著自製衣物的生活。我抱著不依賴金錢過生活的想法，希望可以做得出來的東西就自己動手做，於是開始種田、自製天然酵母麵包、肥皂、味噌、濁酒※1、梅干、柿醋、蒟蒻。

住在常滑的時候，因為附近全是陶工坊，經常收到「可不可以幫我做一件工作褲」的請託。

於是，有時也會萌生想要舉辦展覽的想法。

因為學過染織，故而一直以來都是用自己染自己織的布來製作，但後來游走亞洲各地時又遇上了推廣緬甸茶棉手紡手織布、印度全手工織布（KHADI）、泰國草木染手織拼布的公益組織、看到了山地少數民族的布等；這麼多這麼多來自亞洲國家的手工藝，促使我想用它們去創作的美麗布料愈來愈多，再加上旅途中遇到各式各樣的人們，他們所穿著的衣服非常舒服且便於工作，卻又可以簡單地就做出來，真是太令我訝異了。

緬甸、泰國一帶的農民服、護腰，尼泊爾的農民服、背心，藏巴民族的長袍，苗族的上衣與傈僳族的褲子，越南、印度的傳統衣衫……。亞洲各地的人們都很適合跟和服一樣無領的衣服。也因此，我就照著自己的風格來縫製衣服。我想我是因為那段旅行生活，而有了這樣以創作為生的想法。旅行期間所累積的，如拼貼般多彩多姿的靈感在創作時傾瀉而出，不論是西藏的紅、印度的紅還是旅行中所見所聞，都成了我創作時的想像源頭。

創作時，我會集中精神一心投入。

因為要把握住腦中出現「想要做成這樣」的想像，得要心無旁騖，完全集中。打掃的時候如是；煮飯、磨刀，還有田務也是。專心致之，事情就成功一半了。想要做一項作品時，我不會只做一、兩件，而是盡可能地做很多件，才能做得順利。在大量製作的過程，會愈做愈得心應手。

※1 編註 濁酒，未經濾過的日本酒。

布的創作可以利用零碎的時間進行，就算僅僅三十分鐘，便能縫出一條圍裙，也可以在家，一邊作飯、一邊縫製。

現在因為孩子們都大了，一下子多出好多時間，可以做出很多作品。就算孩子還小時，我也常在夜裡讓哲平幫忙看顧他們，然後自己在工作室縫製工作褲等等，或許至今多少仍受到當時「啊！想要再多做一點」的想法影響吧！

我們住在常滑的時候，學徒阿方為我搭建了四坪大的工作室。我想也是因為有了工作室的關係吧！可以全心全意地創作，也能夠一個人專心思考，因此工作才能順利進行，工作室對我來說是很重要的。在自己的空間裡，擺放自己喜愛的東西，播放自己喜愛的音樂，提高我的想像力，不過我也會留些不一定得在工作室裡才能進行的工作在手邊，讓自己只要一有空檔，就可以隨手拿起來做。

感性，對創作來說是很重要的。集中精神只是一種事前準備。

其餘就看自己有多喜歡布創作了。感性是需要用心灌溉、靠自我培養的。比方說，去看展覽、聽演唱會、看戲等等，只要是有興趣的事情就大量地接收、累積。現在終於明白有些事情看似沒有關係，但是實質上是很有幫助，或是可以讓我們受感動的。這樣想來，發現沒有什麼是天生的；能夠持續做著自己喜歡的事，或許也是一種接近創作的方法。

現在回想起第一次舉辦展覽時，仍然十分感動。

雖然養育孩子很快樂，但是孩子與我的世界是與社會隔絕而疏離的。我是在種田與創作之間，從這個與社會無從連結的家中，藉由我親手製作的東西與某些人產生了關係，才有了明確地感受。這份喜悅，證明了我還活著，我還與人們有所關聯。

即使是現在，我依然為了與人有所牽繫而持續創作。為何要創作呢？我時常與哲平聊到這件事。促使我們創作的起源是什麼？美又是什麼？作陶與織布都一樣，都是看我們可以在自己的工作中，往自身的內心深掘到什麼程度；然後在無止盡的創作中，盡情地將自己投入這份工作。

因為一路只做喜歡的事，才會遇見了不起的人事物，才能以布創作為業。只要是自己喜歡，就不覺得痛苦和艱辛，不知不覺就已經動手做了起來。

（右）從媽媽那裡繼承而來，
修了又修，至今仍在使用的縫紉機。
（左）旅行中找到的美麗絲線。

（右）在廚房捏製拿去柴窯燒成的手工鈕扣。
（左）在泰國用來放置糯米（芒果糯米飯）的
小籠子。

籠子中裝的是顏色鮮明的串珠與線。

某個夏日。在膝蓋上耐心而仔細地縫製作品。

工作室的風景。有一群美麗的布料。

（右）以墨描繪出點點的布，與手織麻拼接而成的地墊。
（左）麻製上衣與柿染的圍裙。

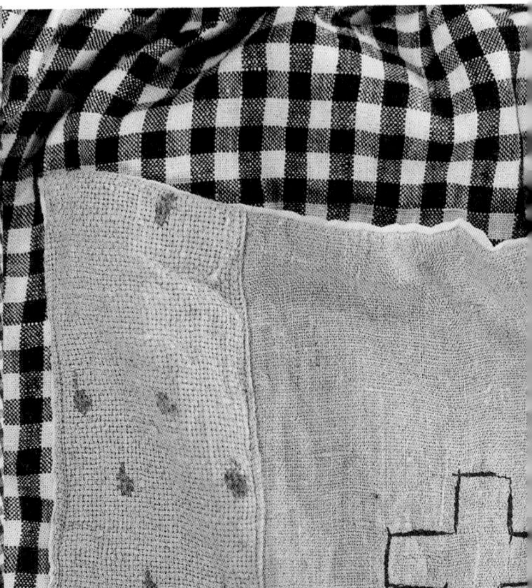

（右）工作褲的口袋。縫上以墨繪製點點的拼布。
（左）麻製工作褲與以立陶宛的麻布、土佐紬（譯註：高知縣特產，以木棉織造的布料）拼接縫製的裙子。

（右）拿景頗族（緬甸稱克欽族）的手織束腰改做而成的外套。
（左）用拼布加強工作褲的膝蓋部位。

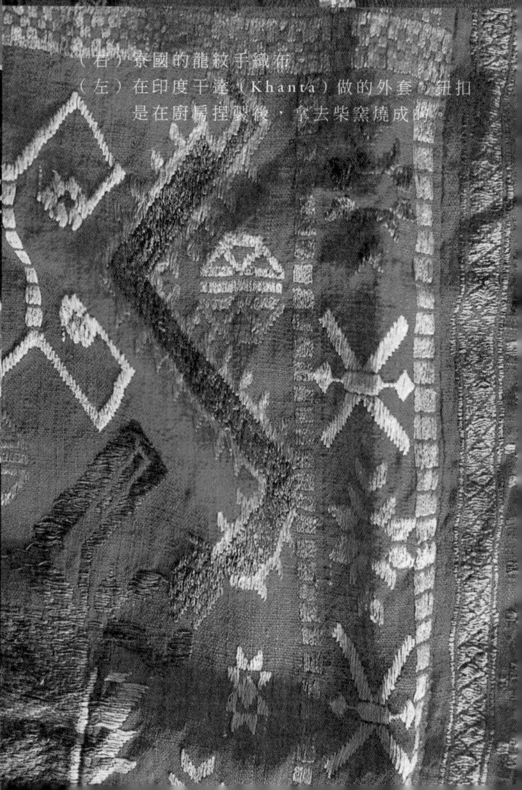

（右）寮國的龍紋手織布。
（左）在印度干達（Khanta）做的外套。鈕扣是在廚房捏製後，拿去柴窯燒成的。

誕生自土地之物

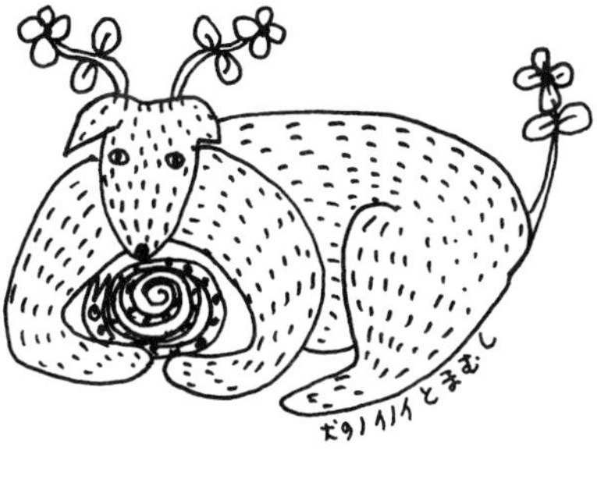

與雞共生的我

母雞抱蛋孵著的時候，
若作勢要取走牠的蛋，母雞就會一躍而起，
瞬間漲起羽毛，繞著窩打轉，以喙進擊。
等待小雞用嘴從裡頭啄出窟窿、
睡眼惺忪地來到這個世界的母雞，一心一意地孵著蛋，
連日不吃不喝
變得乾癟癟的，
不時用嘴將蛋推進羽翼之下，
並咕嚕咕嚕地將蛋翻個角度孵著，
牠如此細心地養育孩子的精神也感染了我。

今天去餵雞吃飯時，花了比平常更長的時間仔細地觀察雞喝水，那模樣讓人感覺水好像真的很好喝。

先用尖喙舀起水後抬起頭，咕嚕咕嚕地一飲而盡。是不是很像人類用手掬水，水滴滴答答地濡濕了胸前，卻也解了渴。看見這光景，我明白水之於雞，是生命中不可欠缺之物。對於人類也一樣是不可或缺，但是現在我卻像這隻雞一樣，咕嚕嚕地喝著水並感到滿足。

雖然也喝茶和咖啡，但一看到雞，就營生了一定要喝水的心情。對於身體來說，茶水與湯之類所含的水分並非單純的水。喝水對身體是好的，腎臟也是需要水的。突然想到要提醒自己，水對於人類也是重要的。

我從二十三歲左右開始養雞生活。向名古屋長久手農事試驗場分來名古屋土雞的幼雛。二十隻雛雞有幾隻被貓吃掉，但大部分還是在燈箱裡長大了，黃褐色的羽毛雖然很可愛，但是因為身形大，公雞的腳後跟有著長長的爪子，不時向人撲來的威勢，跟鳥怪※1好像，就連叫聲都一樣嚇人。

新鮮的蛋黃具有彈性，味道濃郁非常美味。我將雞群放養在庭院中，母雞在我不注

※1 譯註　鳥怪，插畫家長谷川集平一九八七年在繪本中繪製的角色，是長得像雞、會飛天的大型恐龍。

意時，為了躲避天敵，自行躲進柴窯的後方，花了二十一天，抱蛋孵著。牠不時咕咕咕地大聲鳴叫，急急忙忙地跑出來，拚命地啄食飼料，然後又繼續回去孵蛋。

母雞不時以喙去推動牠正在孵的蛋，將蛋轉個方向再繼續孵，讓體溫足以傳遍整顆蛋。

到小雞將孵化之時，母雞已羽毛稀疏，樣貌憔悴，身形消瘦。好不容易終於孵出小雞，母雞會帶著牠們啄食飼料，還要不時警戒著，一有貓靠近就會趕緊將七、八隻小雞藏在羽毛底下，這些事沒有任何誰傳授給牠，母雞天生就知道該怎麼做，就像我們也無須學習如何生產，每年春天一到，牠就會像這樣產卵、抱蛋。

直到無法再生蛋了，我們就會將這可愛的雞拿來食用。

感覺牠的生命就在我的身體裡面延續著。

宰殺時，或從後腦的骨頭「啪」地一聲折斷，或是切斷頸動脈，將牠倒掉著放血，浸入八十度左右的熱水中，除掉一根根的羽毛。除掉羽毛後，雞隻瞬間變為盤中飧，孩子們也跟著開心起來。

這過程讓我們明白食物是來自於其他生物的生命，那與在超市買來的雞肉不同，孩子們可以看見整隻雞的模樣。

住在常滑的時期，我們飼養過一種名為東天紅※2的美麗雞種。後來我們搬來高知，這些雞群也一起帶過來，牠的聲喉頗為美妙，音調低且悠長。

但來到高知後受狸、鼬與蛇所害，數量漸漸地減少。

今年初難得多了七隻小雞，但卻在我們去印度的期間，全部被我家養的狗給吃光光了。

一回到谷相的屋子，幫我們顧家的藤井非常抱歉地說著「雞隻被家裡的狗狗NOINOI吃掉了。牠們好可憐，都死了」。但因為鯛隨即問到「那，雞肉好吃嗎？」覺得很好笑，大家也都呵呵呵地一笑而過。

這就是愛吃的鯛會注意到的地方吧！他一聽到藤井將雞都埋在田裡，就說了「啊！真是可惜」，因為他一直很期待哪天能吃到那兩隻公雞。

每天準備餐點的時候，我都很自然地將殘葉、番茄蒂與米粒放在琺瑯盆裡留著要餵雞，這已經變成了一種習慣。從二十多歲開始就過著養雞生活，這倒是我第一次發覺自己的生活中處處都有著雞的存在。

※2 譯註　東天紅，日本紅色長鳴雞。

最初飼養的是名古屋土雞的雛雞，成熟後長得壯碩肥美，我跟孩子們吃過好多次牠的肉。

住在常滑時，約一個月會吃一隻全雞。那是從雞的故鄉（指宮崎縣）分來的，從一隻全雞開始處理，可取得兩支雞翅、兩支雞腿、雞胸肉、雞肋條兩條、雞胗兩顆、雞脖子、雞心、雞肝與軟骨，非常豐盛。肢解下來的各個部分全都吃過，也因此知道雞的體內哪裡會是檸檬黃或鮮豔的粉紅色，那些是不能吃的部分。

為了不浪費，我仔細刮下每一寸的肉來吃，之後便會成為我身上的肉。因此雞的存在並不只是生雞蛋，同時也是雞肉的來源。

將菜葉、番茄蒂等放入要給雞吃的盆子裡時，才想起「啊！都已經不在了」，不由得湧起悲傷的情緒。被NOINOI吃掉的那些雞裡面，其中兩隻是從常滑一起搬過來的東天紅，其他五隻是去年從剛孵出來的小雞養到大的，真令人不捨。空著的雞寮緊鄰在柴窯旁，後來被移到了住家跟工作室的中間，那是八重與晴一來了以後，我們一群人像是扛神轎般將它抬起搬過去的。接著釘上木頭並以網子蓋住，讓狗兒進不去，又在底下埋了鐵皮讓蛇也進不了。

有天，日暮時分，千代抓來了三隻雞給我，我開心得要飛上天了。隔天一早，還在床褥中就聽到母雞咕咕咕的叫聲，真是非常幸福啊！

每天到雞寮去撿蛋，養雞生活真的很快樂，我為牠們採來繁縷、酸模與苧麻的葉子，趁新鮮趕緊帶去給牠們，看到牠們開心地咕咕叫著，連我也感染了牠們的心情。

我想自己已經無法想像生活中沒有雞了，我深深地感受著與雞共生的生活。

誕生自土地之物

無論這世界如何改變，
只要還有土地，總會有辦法。
人們都是這麼想的，
只要有土地，
就能耕土、播種、育苗，
獲得很多很多的食物。
土地的力量真是太了不起了。

搬到這裡住後我們種了樹。

樹很快地長大、樹根深深地往土裡鑽，長出吃也吃不完的櫻桃、杏桃、梅子等。仔細想想才發現，我們原來是生活在這些花、果實及豐沛的綠意所包圍之下，這是多麼喜悅、令人開心的事呀！

在我們來到此地之前就已在此的枇杷樹，每年都會長出吃不盡的果實，就算每個路過的人都採來吃，仍舊是多到要滿出來似的，於是看見鳥兒、狸貓來開心分食，也成了我們的另一項樂趣。

那棵巨大的枇杷樹在某次颱風來襲時被連根拔起橫亙於途，堵住了馬路。

小兒子鯛跑過來說「糟了！糟了！由美最重要的枇杷樹倒在路旁睡覺了！」，我們兩個顧不及風雨未停就跑去察看。

我凝視著露在外頭的樹根，嚇了一跳。從粗大的根到細小的鬚蓬亂地延展著，拚命地在水泥隙縫間伸展，長成了大樹。但也因為這樣，根無法往深處延展，最後才會被颱風的勁力給打敗吧！

一想到之後再也無法吃到枇杷，內心不由得地湧起陣陣的悲傷。

想起枇杷花的香氣、果實的香甜，胸口感到疼痛。不管怎樣總得想想辦法，與哲平試著以小貨車把它拉起，但還是沒有辦法。

這棵樹身體裡含有滿滿的水分，比想像中還要重得多。

隔日、後天，還是不死心地跟來人討論，看看有沒有解決的辦法。

過了三天枇杷樹仍舊倒在地上，即使無計可施，只先去掉茂盛的枝葉，怎樣也無法就此作罷，還是不斷不斷地想要找出有什麼對策。

因為我不斷問大家還有沒有什麼辦法，八重於心不忍，要求她先生晴一說「拜託你想想辦法吧」。然後，樵夫晴一來了，趁著我出席孩子運動會的空檔，以鋼索將樹吊起扶正。

我高興得要飛上天去！覺得我愛惜樹木的心情終於有人能懂了。

眼看著晴一以樵夫使用的工具危危顫顫地將樹木扶起。

在場的每個人，像是豐太郎、阿明阿公、高尾爺爺、泰生等人，臉上都映著歡喜的笑容，大家一定也很高興吧！因為又能吃到好吃的枇杷了。

樹擁有屹立於該處的理由。

如果沒有愛樹人的愛護與心思，樹木大概會被砍下、放倒、燒掉吧！

樹木是從土裡生長出來，卻也是眾人一同培植的。

我們從這些樹身上得到非常多的幸福。現在，我可以清楚地指出每一件來自樹木的饋贈，以及搬到此地所認識的，無法取代的重要饋贈，是為我扶起枇杷樹的人——八重與晴一，這件事將使我永生無法忘懷，也是我到此地後，留藏在內心深處最重要的回憶。

而這回憶本身不也正是來自這片土地嗎？只要有土壤就能擁有的富足感，是因為這片土地所孕育出來的東西多到無法計量吧！

我知道無論是大自然賜予的果實，還是人類努力下得到的富足，都包覆著來自於土地的心情，那像是聯繫母子的臍帶一般，全都是由這片土地孕育出來的東西。

回歸塵土

我、狗狗、小雞、蔬菜，終有一天全都會回歸塵土。
土壤是孕育我們的地方，也是生命回歸之所。

我在中學三年級的時候，於京都近代美術館參觀展覽看到一件名為〈回歸塵土〉的作品。藉由這件作品，我直覺自己習得了終有一天要回歸塵土的生命觀。那以土塑造的臉龐漸漸崩塌，變回塵土的作品，日後也一直深植在我的心田，成為我的一部分。

之後這件作品的作者教了我，所謂的藝術不只是美麗的物件，更能提升我們的感官敏銳度。這也是不可思議的緣分，我二十歲時在常滑的天竺又再一次遇見了這件作品，作者鯉江良二是哲平的老師，而我與哲平也是在鯉江先生於常滑保示的家認識的。

此外，我感覺到土的本質就是「自然萬物，一切終將會回歸塵土」。這件名為〈回歸塵土〉的作品就成了我觀看世界的基準，不過，當時我的理解僅僅停在腦中，在生活中還未能完全體會所謂的「回歸塵土」是怎麼一回事。

今天久違地作了個夢。在夢裡面，我們搬了家，住進五層樓高的公寓，而且不知為什麼秀樹也跟我們一起呢！

因為每次我們去印度、泰國旅行時秀樹也會同行，有可能這個夢是旅行的延續吧（不知為何，明明是在作夢，卻也意識到自己身處於夢中，還有還有，今天的夢是有顏色的）！我們住在二樓，然後不知為何此時廚房的廚餘突然出現，然後我對哲平發飆說：「這裡沒有土地，廚餘只能丟到垃圾袋裡」。

但是，孩子們與秀樹不理我，自顧自地說著：「這裡我們可以隨手塗鴉，這裡好、這裡也好」。再加上還得要去學校辦轉學手續，讓我非常焦慮。

真是很有現實感的夢吶！正當我在心裡念著不能住在滿是廚餘的地方啦，覺得心情很糟之際，就醒來了。

同時伴隨著哲平大聲喊「鯛呀，起來吃飯」的聲音，真是不可思議的夢。

窗外的風景是好似在南國海邊的椰林中。

雖然只是夢，但之後約一個小時，即使已經脫離夢境了，心中仍為了沒有土壤而感到困擾；為了沒有田，不知該拿這些廚餘怎麼辦而感到悲傷。

我的夢裡出現過很多的房子，夢中房子的隔間總是相同，但今日夢裡的房子與目前為止沒有一處是相同的。

小時候我們家曾住過當時很少見的四層公寓之三樓。那時應該是我剛上小學，住在京都的山科。

提到那時小朋友玩的遊戲，大多就是在地上玩起打彈珠、踢罐子，或是在地上挖個洞將寶物埋在土裡，孩提時期是我們最親近泥土的時候，因此，當時還是孩子的我，才會那麼想要觸摸土壤、親近大自然吧！於是我們跑到田裡抓水龜子、蝌蚪、孑孓，養養十姊妹，但似乎還有什麼，無法埋藏心底。

當時還小的我就覺得，如果以後養小孩，就要像這樣在大自然的土地上，那說不定是一種對於大地生活的飢渴。

即使沒有泥土也不是什麼大不了的事，但心情就是不能平靜下來。土地，平常就在我們的腳下，或在田裡，或許在無意間帶給我們心情上的平靜。

剛好我正在讀的維吉尼亞．李．巴頓（Virginia Lee Burton）的繪本《小房子》（*The*

LIttle House）中，搭述的正是我夢寐以求的生活。在夢裡面可以自由地空想，也許當時我對生活的想望造就了我現在的生活。

廚餘並非垃圾，埋在田裡就化為塵土，人類也是如此。聽說谷相地區到不久以前都是採用土葬。草木腐朽後會化為土壤，動物也在大自然的懷抱下嚥下最後一口氣，然後回歸塵土。

因為所有生物的生命終究都會回歸塵土，像是草木會化為土壤那樣，我的心中也有這種回歸土壤的感覺。

很長的一段時間過著親近土地的生活，於是在我的心裡形成了一圈與土有關的循環。

我想我已經沒有辦法離開這樣的循環。也許乍看之下不是什麼了不起的事情，但是我發現自己根本無法忍受人們竟然會將廚餘裝進塑膠袋。因為我知道，我們的生活並不只是眼睛看得到的那樣，還包含垃圾如何處理等等的地方，是否也能讓人感到心安理得。廚餘並非垃圾，是要回到土裡去的。

一想到石油所生產的東西、塑膠製品等等這類無法被分解化為土壤的東西就令人心情不好。

廚房的用具也好，日常使用的東西也好，我都希望最後它們能夠回到土裡，因此這也自然成了我挑選物品的準則。

我家的廚餘是堆放在一個大木箱中，然後再連同樹葉、木屑與泥土一起囤積，過半年、一年後再放入田裡。因為那個夢，讓我重新發現這依賴著土地、生生不息的循環有多麼重要。

像現在這樣，與土壤一起的生活，為我帶來安心感，所以對我來說已是千金不換的了。自從與那件名為〈回歸塵土〉的作品相遇至今已超過三十五年了，終於能夠打從內心理解其中的意義，並應用在現在的生活之中，成了我生活哲學的基礎。

山羊 Kusukusu

牠是隻來自屋久島的，
黑褐色山羊，
本來期待有羊奶可以做起司的，
但山羊 Kusukusu 卻長出了角。

大約是在象平還很小、剛上小學的時候，我們養了隻黑山羊，牠的肚子是白與褐色相間，是我們在印度、尼泊爾一帶常見的那種體型嬌小的山羊。

眼睛很像存錢筒，雖說有些怕生，但是一叫牠的名字就會跑過來，用前額一點一點地蹭近，非常惹人愛的傢伙。牠會跟著我們出門散步，跑到田邊要高麗菜吃，我們為牠取了個名字叫 Kusukusu，大家都很疼愛牠。我們家雖然沒有除草機，但是只要將牠栓在野草遍生的道路旁，牠就會將草吃得一乾二淨，幫了我們很大的忙。沒有綠草的時節，就拿綿籽當作飼料，牠吃起來會發出類似敲木魚的聲音，感覺很可愛。Kusukusu 上廁所的地方，到了春天就會長出木棉，於是往我家的道路兩旁開滿了棉花，再加上山羊的糞便味像味噌，整個感覺很像是在印度、尼泊爾。孩子都期待著哪天我們家能夠自製山羊奶起士。

為我們搭建柴窯的 Yuri 還下了工夫在地上打了幾根木樁，於是 Kusukusu 就將各處周圍的草吃乾淨，成了一台山羊除草機。

象平非常不適應小學的學校生活，每天早上都得送他去上學，有時得提早去把他帶回來，我想那時也是我第一次聽到拒絕上學這個詞。該如何是好呢？我想盡辦法，讀了魯道夫・史泰納（Rudolf Steiner）※1 的書，也向大家請教，但實在束手無策，直到遇到一本叫做《父母效能訓練》（*Parent Effectiveness Training*）的書，裡頭提到最好不要每天說「不去不行！」這類的話。

書裡面提到，父母不要只對小孩說「不行！」，若小孩說「不想去上學」，這時要回他「是哦！你不想去呀！」。這真是當頭棒喝，在這之前，我已經跟他對峙了近一年的時間。甚至還帶他去醫院檢查，現在想想其實也不是什麼大不了的事，但是當時卻是很執著地想找出原因。

那時實在是心力焦瘁，為了放鬆，我做了「高麗菜卷」，那是象平最愛的一道菜，即使到了現在，一到了春天高麗菜盛產期，回憶就會浮現。每次想到那段苦惱不堪的日子，我就會做高麗菜卷來吃。那時的我雖然很苦惱，但對於即使想去學校又不能去的象平來說肯定更加痛苦。因為有過這種不得不改變的寶貴經驗，我現在才能以同理心去感受。

有時候我會試著與象平一起去學校，在前往巴士站的路上，孩子們慢慢地靠了過來，我便拉著那些孩子們說「下回來象平家玩吧！」，一個一個邀請，想著看能不能幫象平找些玩伴。

過了一、兩個月，就在我快忘了這件事的時候，有個名叫勇志的小朋友氣喘噓噓地跑來，說「終於找到象平家了」，這個勇志之後也陸續帶著朋友一起來。

小朋友甚至取得媽媽的同意來我們家過夜，大家拿起菜刀自己煮咖哩、跟著小狗蘇蘇四處去探險、帶山羊 kusukusu 散步、捉小雞、玩泥巴等，五、六個孩子成了一團，總是玩在一起，最受歡迎的遊戲是到田裡拔一根蘿蔔傳來傳去、最後手中拿著蘿蔔的

※1 譯註 魯道夫．史泰納，奧地利社會哲學家。提出人智學教育學的理論，主張教育的目的在培養身、心、靈和諧發展，達到善、美、真理想，懂得感謝、具有愛與自由的人。將人類的教育分為出生到換牙期、換牙後到青春期、青春期到青年期三個階段。

人就要扮演蘿蔔主席說故事。

某一天Yuri寄放了兩隻山羊在我們家，於是我將三隻山羊——Kusukusu與小芽、mitamita拴在通往我家的小路上，突然幾隻狗狗汪汪地吠叫，放養的雞隻也啪噠啪噠四處亂竄、咕咕地大聲叫著，一開始不知道是什麼原因，想說是有野狗，定睛一看才發現，Kusukusu與小芽倒在地上，Kusukusu的喉嚨被咬了，小芽也呼吸困難，從工作室飛奔出來的哲平穿著長靴就追野狗去了。結果發現那並不是野狗，而是家犬；並看見牠們上了一台白色的廂型車，似乎是一群非常兇猛的獵犬。哲平緊追在後，記下了車牌號碼，然後打電話給警察，也跟警察說了「還好不是在孩子們遊戲的時候，若真是如此就糟糕了」，並請警察調查提供車子主人的聯繫方式，電話一通，對方便說「又不是我，是狗兒幹的！」真是太過份了，我想他應該是認為這地方沒有住人，就將狗放開亂跑吧！

小芽很快就斷了氣，Kusukusu則是被咬斷了喉嚨，非常痛苦，我們帶去給獸醫看，希望醫生想想辦法，獸醫為牠縫合了喉嚨及氣管。那天夜裡，我們讓牠睡在玄關，象平餵牠喝水，但最終牠還是在象平的手中沒了氣息，象平的眼睛落下大大的淚珠，我也跟著象平放聲大哭。

隔天，象平第一次用了三張的稿紙寫了篇作文，記錄下山羊Kusukusu之死、哲平穿著長靴追著車跑，打電話給警察並說著「萬一孩子們也在，那怎麼辦！」等等的過程。在那之前，不論怎麼跟他說，他也從沒想要寫這麼長的文章。我這才明白，孩子遇上印象深刻的事，自然就會發揮意想不到的力量。就連我們帶著 Kusukusu 與大家一同玩耍的回憶也都被寫了下來了。

好懷念帶著 Kusukusu 散步的時光。隔天，大家一起把 Kusukusu 埋在蜜柑樹下，其中有個孩子說「山羊 Kusukusu 啊，要變成好吃的橘子喔」。讓我至今也忘不了。

日月更迭，象平已經可以安然地去學校了。

我與哲平也都留意著不要只會對孩子說「不行！」，並反省當時的我們或許僅僅考慮到自己而強加套在象平身上。

例如說，我們家當時是不買零食，也沒有電視、電玩。

在那之後，我一旦出現極端的意見，哲平就會提醒我說「還是中庸比較好」，這也是我與哲平第一次如此就教養孩子的想法一起溝通、討論。

或許這一刻的到來對我跟哲平而言正剛好。那一瞬間，我真的感覺到我們是因為跟孩子生活而一起成長。

Kusukusu 真的變成了夏天的蜜柑，在那之後的隔年，牠變成了吃也吃不完的橘子，於是我們每日與來玩的孩子一起將蜜柑榨汁，或是做成果醬。

假如我是一棵樹

假如我是一棵樹，
不知會如何扎根展葉？
還是會想著要去哪裡？
我隨著感覺一路走到這裡，突然停下來，
有種自己好像變成了一棵樹木的感覺。

田島征三

認識田島先生是什麼時候呢？想想應該是在我二十歲時，征三先生為了支援館野先生而幫忙製作版畫，在名古屋一間名為Meruhen House的繪本書店的畫廊。其時我買了一幅名為《家人》的版畫，那是因美國軍機墜落而失去兒子的館野先生的作品，當時的征三先生在東京都一個稱為日之出村的地方過著自給自足的生活。

然而征三先生在繪本《小蕗萬福》、《山羊靜香》裡所描繪的生活，啟發了我對土地與田園的嚮往之心。

征三先生的作品中我最喜歡的是《看！小石子掉下來了！忘了吧！》（ほら、いしころが、おっこちたよね、わすれようよ）。

後來，我得以在咫尺之處觀察著他作風轉變後持續創作的生活方式，大概也為現在的我埋下根基吧？

在征三先生小原村山上的工作室工房地球號裡舉行的課程中，我學會了繪畫，工作室裡準備了很多再生紙，讓我盡情地作畫，但那時學到的更重要的東西是創作以及創作時身體的感受，我想這是至今支撐著我繼續創作的根基。

我在大學時第一次接觸到的繪本是《濕婆神》。征三先生的生活哲學即使在現在，也讓我覺得簡直就是《濕婆神》的體現。而我現在就如征三先生在《圖畫中我的村莊》所畫的那般，在高知的村落谷相這裡生活著，我想這一定也是因為受到征三先生的影響吧！

波恰納

認識這位詩人、翻譯家，是在一九八六年，初見時有種命運的安排之感，當時波恰納頭髮長長地紮在後面，穿著白色印度衫，斜揹著常見泰國和尚會揹的那種包包。他的身材高大，據說身上留有四分之一的葡萄牙血統。當時我們常跟他的友人約在國立法政大學（Thammasat University）的大菩提樹下會合，一起去吃泰北料理或粥，後來我們就稱那棵樹為波恰納之樹。聽說他是在一九七〇年代，於我最喜歡的一行禪師邀請下，來到泰國曼谷開課講習。

他以書寫為業，為道家學說、梭羅（Henry David Thoreau）、印度書籍、一行禪師、克里希那穆提（Jiddu krishnamurti）的書籍翻譯。

還記得我與哲平、兩歲的象平，以及瓦桑，因為波恰納而想要移往沙美島，想想已是二十年前的事了。我們從波恰納身上學到，所謂的反戰並不是高聲抗爭，而是如果每個人都能有顆平靜的心，那麼世界便能得到平和。

波恰納以前在曼谷的房子雖位於熱鬧的街上，卻種有很多樹。

那以老樹搭建的高架屋現在已經不在了，但至今我仍會夢見當時住在那裡的事，友部正人他們好像也曾在那住過。泰國的房子真的好棒。他們會為了沖澡在香蕉樹上放置大水甕。我們現在也會為了與波恰納碰面而去泰國，為了能夠擁有一顆平靜、健全、溫柔的心，為了能夠進入深沉思考，我們去見波恰納。他是開在我這棵樹上的一朵花。

鯉江良二

認識良二先生是我二十二歲的時候。他是在一場聚會上坐在我身旁，看見我穿的阿富汗袖套，說著「這個真不錯，我也想要有一個」的歐吉桑。之後他帶我去他位於常滑天竺的燒陶工作室，讓我大吃一驚，因為在那裡我遇到中學時在近代美術館看過的一件作品〈臉孔〉（life mask），這件臉孔造形的陶面具崩解成砂的作品名為〈回歸塵土〉，牢牢地印在我的腦海裡。良二先生教會我什麼叫作彼此心靈相通地談話。他將時鐘丟進窯裡去燒，成品命名為〈HIROSHIMA〉（廣島）、〈Chernobyl〉（車諾比）。良二先生的作品總是關注著社會的生命。創作的根基在於磨練五感，那也是我這棵樹的綠芽。之後我在良二先生的家邂逅了後來成為他徒弟的哲平。我想我的創作之芽，如同我這棵樹的核心，應該就是良二先生，因為這樣的想法總是讓我在自由發想之下，愈感覺到心靈澄明。

流浪者樂團

泰國以「為生而歌」為口號的樂團。在民主化運動高漲的一九七六年十月六日遭受鎮壓，軍方於國立法政大學的音樂會上開槍，成員逃入叢林成了游擊隊，且存活了下來的傳說團體。

蘇拉猜（Surachai）的悠揚歌聲，孟寇（MongKhon Uthak）彈泰國琵琶（Phin）的淒美音色，以及佟古拉拉的小提琴。日本晶文社也翻譯出版了維拉薩克（Sunthornsy Wirasak）寫的《流浪者樂團的冒險》。我最喜歡〈滿月〉（Deuan Phen）、〈黃色的鳥〉、〈等待雨水的稻〉這幾首歌。

我在一九八三年他們與水牛樂團一起在名古屋舉辦演唱會時，認識了他們。就如同唱歌一般，我會開始想要創作，也是因為知道他們而開啟的契機。我開始去泰國旅行，遇見了山地少數民族，還有「為生而藝術運動」的人們，為了某件事而生成為我這棵樹最大的枝幹。

友部正人

我喜歡的歌。在高中時期邂逅了如詩般美麗的歌，像是從森林之中傳唱出來，那是友部先生的歌。每次只要聽著友部先生的歌，就好像是在森林裡散步；也許，他的歌真的就是從森林裡傳出來的吧！他是我最欣賞的歌手。聽來令靈魂都為之震撼的曲子，如〈來自遠方〉（遠來）、〈晨之詩人〉（朝は詩人）、〈夜語〉（夜は言葉）。聽著聽著，言語的森林就在我內心深處展開。友部先生的歌讓我開始注重文字，並內化成為我的語言，在我心中打造出一片森林。他是為森林帶來豐沛水分的人。

川內多美（Kawauchi Tami）

雖然我與川內小姐的年紀有些差距，但當時在書裡面看到她在東京西荻窪的「哈比村」開設「果醬屋」（Jam House）與「食物屋」※1就很感興趣。在那裡，一群女性集合在一起，一同工作、製作對身體有益的食物，那也是當時開始盛行的素食者自然食。我是後來透過學徒阿武介紹認識了多美，才真正知道她的工作整個就是代表著另一個文化，也是另一種生活哲學。我覺得那是溫柔的多美特有的感性所創造出來的女性文化。這些也確實地成了我這棵樹的葉子。

小野哲平

不唱歌，卻是每天會對著土說話的人，也是個創作者。從第一次見面到彼此面對，

※1 原註　食物屋。八〇年代在東京西荻窪，由一群女性經營的自然食餐廳，當時住在名古屋的我也曾拜訪過。《從食物屋的廚房開始》（たべものやの台所から，柴田書店出版）。

他就像鏡子能清澈映照出事實般，映照著我的姿態、靈魂，並凝視著。我們總是談論著什麼是創作、什麼是美的事物。

每天散步、旅行、過生活。他是個跟我這棵樹、我的根一起度過很長時間的人。我若是一棵樹，他便是那隻飛來的鳥。

外公與外婆

雖然住在名古屋的市中心裡劈柴燒洗澡水（不過這在昭和三〇、四〇年間應該還不算稀奇），再拿焚燒後的灰燼撒在五十坪左右的庭院，作為柿子、無花果樹、蔬菜、玫瑰、牽牛花、君子蘭的肥料。喜歡植物的外公對我的影響非常大。

從廚房裡產生的廚餘，拿來堆肥，埋進土裡，成了蔬菜的養分，我自從懂事以來就會幫忙外公做這些事。

我媽媽是長女，我又是長孫女，記得當時媽媽的四位弟弟對我都疼愛有加。外婆會依照時令曬梅干、醃漬藠蕎、做蕗味噌，而攪拌大大的糠床成了她每日要做的事。曾幾何時我也在心裡悄悄地想著，有一天我也要盡情地攪拌這大大的糠床。而外公修整小小的農地，細心照顧、早晚澆水，有小小的收穫就很開心。

現在回想起來，這就是一家人平靜的生活。

外公每天都要做的事情之一，就是一早起來拜神，拿出一顆梅干、泡兩杯茶，與外婆兩個人坐在廊下，一邊看著小小的農地，一邊緩緩地對飲。

外公會在火盆中燒起炭火，為我架起網子放上麵包，在烤得香酥脆黃的麵包上，用奶油刀仔細地抹上當時相當珍貴的奶油給我吃。當時的每一件小事，即使到現在我也能清楚地憶起。

寒冷的冬夜，外公會將那個人人想要的熱水袋放進我的被窩中。

外公還會在夏夜細心地替我吊起蚊帳。這些生活中的小細節曾經有段時間是那樣理所當然地存在著，並且刻印在孩提時代的我的心裡了吧！即使物質上並不豐裕，卻是貼心、舒緩而心靈充盈的生活。

將穿舊的衣服拆開，反覆用到舊舊爛爛之後再縫成抹布，拿來擦拭地板之類等用途。我想自己從小在家幫忙做家事的同時也被輸入了這樣的觀念。

在當時，大家普遍使用撢子、掃帚、抹布來打掃，用棉布縫製小布袋裝米糠擦地板，當時大家會說「看得到的地方就用掃把掃，就是掃地啦」。

外婆的口頭禪是「不要慌慌張張地，慢慢來」，完全是說給自己聽的吧！要做的事情堆得比山高，總是穿著和服小跑步，穿著圍裙，不然就是將圍裙當做包巾做成一個小包袱，裝著和菓子、橘子等。

而這習慣也傳給了我，我每天圍著圍裙去採香菇或是田裡摘碗豆時，也用圍裙包回來。

現在的我很喜歡用抹布擦來擦去，雖然家裡有吸塵器，不過還是很樂於蹲在地上用抹布擦地板。縫上紅線的抹布作為廚房用，縫上綠色線的抹布用來擦地板，每每使用這抹布就好似能聽見外婆說著「不要慌慌張張地，慢慢來，用心做」。

這些小時候的記憶，不是用腦袋去理解，而是用身體去記憶，這也成了我這棵樹木的核心。

假如我是一棵樹，到目前為止從遇見的每個人身上學到的東西就成了我的養分，培育著我成長、茁壯。

這些事我並非在學校裡學的，全都是跟遇見的每個人習得的，雖然樹木什麼也沒說，但仍會開滿花、結滿果實。沒有誰教我，就這麼自然而然地自己學會這麼做。

我就像是一棵樹，春天到了就發芽、開花，秋天就結果，想要帶給每個人美味的果實。

與人連結 像呼吸般自然而然，彼此相互牽連的生活

種子被產出，然後再生產下一代，大自然是個持續的循環，生生不息。
人也是，會與他人或是種子結合，一同形成某種事物。
彷彿跟著地球一起呼吸那般。
凝視著在地球上所有的自然生命，
橡實轉化成了野豬的生命；
雞群餵養了黃鼠狼的生命，
被生，然後生。
自然萬物，如同呼吸般彼此自然而然地共生共存。
食物鏈並非弱肉強食，而是在吃與被吃之間，
讓生命的全體得以生生不息。

動物與植物，彼此相互扶持、幫助，
維持著自然生命的平衡。
那麼，身為其中一員的人類，
不也應該要相互※1合作而活嗎？
我像是呼吸般自然地，過著與人相牽連的生活。

有時候會有不可思議的體驗。

實際上發生的事情在夢裡也見過。

對我而言，節郎先生不只是哲平的父親，感覺我們之間好像還因為什麼而相牽繫著，所以才覺得是做了這樣一個夢。與其說節郎先生是父親，更貼切的說法應該是，我們是會欣賞同樣東西的知音。例如說，我喜歡菜刀、柴刀等等的刃物；節郎先生與土佐鐵匠是好朋友，我剛開始與哲平生活時，他就送了我不少刀。這位名叫白鷹先生的鐵匠師傅，是以為法隆寺製作釘子而聞名。他打造的小出刃菜刀※2真的很棒，每天光是磨刀都讓我心情愉快。

我利用哲平轆轤削下的土製作小神像，節郎先生也會這麼做。我們關注的事物或是目的也很相近，彼此相互影響著。

自一九八九年以來，節郎先生與我在小田原市藝廊「油菜花」開設雙人展之後，我們就時常一起去各處辦展。不是因為他是哲平的父親，而是他的人品、他做的東西，在在讓我打從心裡感到溫暖。

只要跟可愛的節郎先生在一起，我就感到一陣暖和與喜悅，我很高興他接受我原本的樣子。

有一天早上，我很早就醒了，大約是清晨四點，那時節郎先生也已經醒來，在樓下煮咖啡。我因為樓下發出的聲響而醒來，但那陣子正在準備要進窯的作業，累到爬不起來而迷迷糊糊地做了個夢。

夢裡哲平揹了一個高大的人，是誰我不知道。在這個「由美！糟了！」的夢裡，象平騎著腳踏車載送著，那個高大的人有著我不認識的臉孔，我感覺胸口空空地，突然間醒了過來。

上午窯火已經燒旺了，窯內溫度正慢慢昇高，我一面安心地說「好在今天天氣很

※1 原註 彼得．阿歷克塞維奇．克魯泡特金（Пётр Алексéевич Кропóткин，一八四二年～一九二一年）的「互助論」。其曾經說過相互牽繫合作，無論是人類或動物，凡是活著的一切生命全體共同支撐著這個世界。提倡區域合作將使人心更加豐富。

※2 譯註 小出刃菜刀，和式菜刀的一種，原是用來切魚，現在也用來切肉。

好」，一面在窯場看著節郎先生正在散步。

中午我在廚房準備午餐的時候，哲平揹著節郎先生，一面喊著「由美！快拿坐墊來！」一面跑過來，一到迴廊立刻讓背上的節郎先生躺下來。

想到「啊！夢裡面的那個人就是節郎先生吧！」，不禁害怕了起來，預知夢？在夢裡面看到的景象在現實中發生，也讓我重新思考與節郎先生之間的關聯，原來如此，一試著想想，象平也大到哲平揹不起來了呢！

所以我在夢裡看到的就是節郎先生吧！

之後問過曾與澳洲原住民一同生活過的朋友，他說澳洲原住民認為，彼此關係密切的家人或朋友，即使距離再怎麼遙遠，一有什麼狀況也能以夢或是感應的方式傳達給對方，我想就是這麼一回事吧！在那個沒有電話與信件往來的遠古時代，人們便具有這樣的能力吧！

節郎先生清醒過來後，狀況總算穩定下來，因為他說想要回去松山，叫了救護車一起到山下的醫院；事出突然，我嚇得雙腳發抖。之後節郎先生又經歷了二度腦梗塞，也以復健恢復了痲痺的手腳，再跟著我們一起到泰國、印尼旅行，到現在也還繼續畫素描與製作髮簪，到各地辦展。

我從一個人身上散發的所有光芒中，可以感受到人與人之間的關連，我從節郎先生與其他人的連結上，學習到很多東西。

我想人與人的關連就是這樣吧！

於是到現在，我在這山上，感到我與人們的關係變得很強烈、濃厚。雖然每個人都是獨立的個體，但是在意識之中，人與人的關係跟以前相比要說是淡薄多了，但對我而言，現在仍能感覺到濃厚的關係。

哲平在谷相這裡擔任區長，還接任了主祭人的職務時，每每聽到大家說「謝謝你能接下這個職務」，內心就感到充實。早上起來會看到玄關放著大家送來的竹筍、小黃瓜、茄子等時蔬，可以讓大家感到開心而為大家服務是這麼一件快樂的事，這也是我們第一次有這樣的感覺，雖然大家並不是那麼了解我們在做什麼樣的工作，但是大家都略過了這點，感覺大家只在意我們是怎樣的人，而與我們往來。該怎麼說呢？我想就是身為一個人而活著的感覺實在很好吧！

以前在谷相這裡曾經有過「添水」※3、「結」、「墓堀組」等相互合作的制度，「添水」是住在附近的農民一起利用水車搗臼為稻米脫殼；「結」是在插秧時大家輪流到田裡去幫忙；「墓堀組」則是遇到喪事時，大家合力挖掘墓穴，或是搬運木材到公共

※3 譯註　添水，利用水力搗。

澡堂去燒等等。

在以前的村落社會※4，並非只有自己好就好，像那樣互助是很重要的。結合眾人之力種稻、收成、祭祀，彼此關係密切，每一個人的生命都與整個社會緊密連繫著。因此，這裡跟人口密集的市區比起來，人們反而還更有濃厚的關係吧！

我覺得人的心情是會一個影響一個，所以我們若能夠將好心情傳給別人是最好的。如此一來，好事就會漸漸地一個傳一個地擴展開來，大家都能心情愉快且彼此融為一體了吧！相互幫助、扶持、成長，整個社會不就會更為壯大、幸福嗎？如果我們每個人的心裡都有著共通的想法是最好的。就像每個人都一起深呼吸般，彼此互助的生活，就是社會全體都幸福的夢吧！

現在的社會，人與人之間的關係如此淡薄，感受不到彼此生命的關連，而有著飄零感。

但是在這裡，人與人之間的密切聯繫，帶給我一種彼此共生共存的感覺，更進一步地覺得我們要一起變得幸福。總之，人是無法獨自活下去的動物，就像種子也要三、四顆一起才會發芽吧！

※4 譯註　村落社會，由村落為基本單位發展成的排他社會，現在廣義引申為具有排他性且自有規則的社群。

燒柴

柴薪是來自樹木的贈予，
也是大自然送的禮物。
火是自繩文時代傳下來的真實之火，
就像語言是真實的語彙一樣。

那雖是一瞬間發生的事，在柴薪入爐灶的那一刻，感覺我們是將柴薪投入窯爐裡一樣，柴薪總是嗶嗶啵啵地燃燒著。

我家的柴窯是用來燒陶的，而到了冬天，燒柴的爐灶就成了室內必備的暖氣。此外，洗澡也要靠燒柴，所以到了冬天，一整日中，總要搬運好幾次的柴薪、接觸到柴薪。

跟柴薪有關的工作主要由哲平負責，他總是一聲「啊，我去砍柴了！」就會拿起電鋸將未裁切、運到家裡的完整原木切割成適當長度，再丟進劈柴機中劈成柴條後堆起來、乾燥。

開著輕型卡車到隔壁的物部町去取薪木。哲平以電鋸切斷杉木，我再將薪木放到我們暱稱為小馬的台車上，整理好。繪麻也會來幫忙。準備柴薪是相當粗重的工作，冬天的暖爐得燒闊葉林木、洗澡用杉木，柴窯則要用松木，這三種柴薪都要提前準備。因為不乾燥很快就會壞掉，沒有柴薪的冬天不僅很冷，還讓人感到淒涼，雖然和沒錢的感覺有點相似，但又是不一樣的貧苦，忍不住會在心裡喊著「啊，好冷啊」。相反的，若是看見堆滿的柴薪就能安心，那是即使有錢也不會有的安心，是住到這裡以來，才有的一種安全感。

灶裡的薪火與繩文人生活中的火是一樣的吧！

現在，我們的生活之中，若問我有什麼是無論如何也想要延續下去的，我想應該就是焚火帶來的愉悅感吧！我試著重新審視焚火能為我帶來什麼樣的啟發時，腦中浮現的是繩文時代發現了火以來才出現的——「真實的火」。現在這個世界雖然有燒瓦斯、電或煤油的火，然而只有燒柴的火是自繩文以來未曾改變的真正的火。

那是因為柴薪是得花費勞力準備的吧！它不像是自中東來的石油或瓦斯、電那樣，也跟以鈽產生的核能等等不一樣，它是不依賴其他事物、自給自足的我們為自己準備的柴薪，所以使用起來與其他的火相比，那心情是不一樣的。用柴火燒的熱水、煮的豆子，用柴火熬的湯，加熱時，那樣溫熱、令人放鬆及難以言喻的暖意徐徐地湧上心頭。火的熱力直達身體最深處，燒柴的香氣令人懷念，焚火帶給人愉悅的心情，看見火是愉快的。

我們家沒有微波爐，但要蒸要煮一點都不感到困擾，不知為何微波就是不得我心，是種心理上的排斥，幾次孩子都吵著要買，說是有微波爐做便當比較方便，但我還是不同意。

在我的廚房裡並不需要微波爐。我想，那也是因為在我心中，薪火已經接近一種真理，成為我感覺事物的標準。

冬天正是爐灶最活躍的時刻，雞骨熬湯、煮豆、滷蘿蔔等，一鍋又一鍋的美味佔滿整個廚房，以前在工廠宿舍之類的地方會使用一種高度不高的炭火爐；在那之後，秀樹送給我他在青森老家附近找到的台灣製鐵鑄火爐；而現在用的則是名為安徒生、丹麥製的火爐，所需柴薪的量一些許就可以了，但高度較高，煮東西的時候有點不方便，不過外形簡潔利落。因為是自常滑時代就開始使用，一路走來也二十多年了。雖然燒闊葉樹的柴薪對爐灶最好，但是因為附近闊葉林實在不多，要準備足夠柴薪實在是太難；不過，砍柴備薪得勞動身體，連帶的讓我們變得更健壯了。

砍柴是種勞動，會讓身體發熱，燒柴取火也能獲得熱能，更是暖上加暖。乾燥的冬天很適合將柴薪砍好堆積起來。在寒冷的冬天動動身體流汗，對身體也很好。

人說古早的生活是我們汲取智慧的寶庫，這句話也包含了原始人類的三大發明：取火、製作刃器及紡線。讓我想起在現今的生活中已然消失的事情。這三樣發明，雖然存在於我們遙遠的記憶之中，但卻刻印在我們的基因裡，騷動著、隱隱刺痛著我們。因此我明白火對於人類真實的生活是必要的。也許在比起人們的生活，經濟發展更為重要的今日，不管是柴窯、爐灶還是燒洗澡等等引火燒柴之事，顯得十分原始，但是生活在山上，距離森林很近，因此在谷相幾乎家家戶戶都是燒柴洗澡。這麼原始的行為在這一帶還很理所當然地繼續著，讓我有種安心感。大家是想要像原始的人那樣使用著火，於是本能地燒起柴火吧！圍著火一邊聊天，讓人忍不住想要說一些真實的事，關於故事、關於陶器、關於創作的事，在火之前竟然變得很想要這樣自問自答，真是不可思議。因為真實是自繩文時代便燃起的火，至今依舊可見。

地球上的廚房

地球上的 我的廚房

我的廚房位在家的正中央。
在農事與布創作的空檔，
我烹煮著連繫家人的料理。

我家的廚房與農田相連。

在寬闊的緣廊上，將洗好的東西放入竹籃中曬著太陽。陶器、洗滌用的大竹簍、鍋子、砧板、研鉢、研鉢棒、木製的飯匙、鍋鏟等也都攤在陽光下，這緣廊非常好用，田裡剛收成的食材就在這裡洗洗切切，拔去玉米鬚、剝除竹筍殼、淘洗米糠等，洋蔥、大蒜要切除細根、去皮，後放乾。原木栽培的冬菇曬成乾香菇。曬東西時，用的是讓茶葉發酵成紅茶的竹籃，乾燥後的羅勒、百里香、迷迭香、檸檬草就收進瓶子裡保存。

要醃梅子、蕗蕎的時候，也是在緣廊清洗、除去梅子的蒂頭，切去蕗蕎的根，也會在這裡將熱水倒入裝有麵粉的調理盆裡攪和、揉麵做餃子皮。

這緣廊大約是兩間乘四間的大小※1，是秀樹為我們打造的。

泰國人家的廚房也像這緣廊一樣，是蹲在地上整理食材，秀樹描繪著這間廚房有著這樣悠閒的氣氛。

想像著我坐在約十公分高，以木材打造，像是浴室裡的小板凳上，做著剝皮、挑去豆莢的粗絲等等事前準備，打造緣廊。

天氣好的時候，就將泰國布巾※2鋪在緣廊上用餐；在地板上用餐感覺特別輕鬆自在。當只有我們一家人吃飯的時候，就這麼圍在廚房小桌子、坐在椅子上用餐，但是多人用餐，坐在地板上很方便，十幾人、二十人的大陣仗，就算只使用一塊泰國布巾已足夠，這也是泰式作風。

有朋友說廚房是一種文化。確實，我最常在這裡思考著自己的一切狀態，我吃過什麼等等。每當思量到關於地球的事，就會覺得廚房正是我進入地球的入口。

※1編註　日制尺規，一間約為一·八一八公尺。
※2原註　泰國布巾（pakama，泰語 ผ้าขาวม้า）。泰國人或用來綁在腰上、盤住頭髮、洗澡擦身、揹負嬰兒等等的布巾。

我家的廚房用水會流進家旁邊的河川後，再流入水田。休耕時，田裡沒有蓄水時，水會一層層往下流，注入日御子川，然後與其他水源一起在物部川匯流，最終抵達海洋。因此，廚餘的湯湯水水會倒入土中，不然就是做為家畜的飼料餵養。

我用熱水清洗碗盤，若真的非常油膩，就再使用灰燼水，很偶爾才會用到肥皂。廚房裡的東西，一律不用塑料製品，只有手感舒適的木製或陶製品，再來就是只使用能靠土壤分解、回歸大地的東西。我不用保鮮膜，取而代之的，是我在一部名為《我的父親母親》的電影中看到的，用陶瓷器的盤子倒過來當做蓋子，如此一來還能看到平時看不到的高台的部分，也很令人開心，讓我有種真切地與這些器具生活在一起的感覺。

我的廚房有營業用的三口瓦斯爐、烤箱、營業用冰箱及水槽（當時在松山，遇到一家要歇業的素食餐廳「瑞秋・卡森」※3，跟他們要來的）。雖然沒有微波爐，但是使用蒸籠之類的廚房道具，要多花點心思，但也帶來很多樂趣，每次下廚總讓我興奮不已呢！

每次去到朋友家，我總會特別留意朋友是在什麼樣的廚房、吃著什麼樣的食物、過著怎樣的生活，因而忍不住地四處張望著。

我想真正的智慧與生活巧思，是任何雜誌也無法提供的，那是透過人們口耳相傳、不斷變動的，若以音樂來比喻，就像是現場演奏。我即使是在旅行時，若是到了一個看不到廚房的地方，不免會覺得失望。因為我想要知道，在一個跟自己所處不同的地方，會有什麼樣的巧思。

生活在地球上的我，核心是一座廚房。

※3 原註　瑞秋・卡森（Rachel L. Carson），一九〇四～一九六四，《驚奇之心》（*The Sense of the Wonder*）、《寂靜的春天》（*Silent Spring*）的作者，環境問題的老師，曾說過「並非是人類支配著大自然，人類是屬於大自然的一部分」。

培育孩子們敏銳的身體與心靈

敏銳的心與身。
敏銳的身與心。
想要讓孩子的身心就像俄羅斯娃娃一樣一層又一層地包覆著，
成為一個擁有柔軟感性的人。

不知為何，受到孩子小學老師的請託，我到學校去進行了多達三次的教學。我在常滑小學聊了聊關於生產的事。剛好朋友幫我拍了生產過程的照片，所以一邊讓大家看看照片，一邊分享經驗。那是自然的「學習所謂的生命」的教學，藉由這個機會，對孩子們述說他們是怎麼被生出來的。之後想想，這是每個孩子都經歷過的關於生產的話題，他們得以知道自己是如何被生出來的各個細節的契機，我想他們藉由面對自己的誕生，可以體認這有所感知的身體與心理是在誕生的那一刻構成了自己，那即是所謂的生命之源。

來到高知之後，我教他們製作陶器和蠟燭※1。那時教製作陶器的場所是在現今已經廢校的谷相小學，大家赤腳踩著粘土，因為實在是太舒服了，即使我喊著「那麼，接下來我們把它揉圓吧」，依然有孩子繼續踩著。比起大人，孩子們更是感覺式的動物，他們對於粘土怎麼會變成陶器都覺得非常不可思議。創作其實不需要過度用腦子去思考，靠的是視覺、觸覺及動物性的直覺，所以我們反過來要向孩子學習。

各種知識和智慧，都已從有著感覺與動物性的人類身上遠離了吧！我想孩子們以腳踩著粘土時，透過腳底傳來的感覺，整個身體都感受到何謂粘土；因為很舒服，感到開心，從他們整個身體的動作表現出來。想要製造出某種東西，也是人類所擁有的一項本能吧！想要藉由做出某個東西來表現，那可能也是在每個人身體裡的一股衝動，捏著粘土的孩子們一邊說著「要來做什麼呢？」，也已經一邊在做了。反觀大人被智慧、知識干擾、侷限住，什麼也做不了。

※1 原註 製作陶器和蠟燭。關於華德福教育的學問學習到，大約十歲之前在夢中、美麗事物中成長的重要性。大村祐子《向華德福學習的通信講座》。

敏銳的心不每日澆水就無法成長，有時候還會枯萎。一沒意識到，細膩的感受就變得僵硬，被各種制約給束縛，人愈長愈是如此，這究竟是為什麼？

放鬆體操本來是學徒藤井在做，後來大家也跟著做了起來，那是一種搖動全身，讓身體慢慢放鬆的體操。我想，就如同身體緊繃時可以做做體操舒緩，可以紓解精神緊張的放鬆體操也是必要的。

我可以感覺自己身在大自然中會變得非常放鬆，我想那是因為在大自然的面前，我們變回了名為人類的動物吧！例如，昨日散步時，我看到正要吐蕊的梅花，旋即在腦海中浮現出梅花的香氣及摘梅子的畫面，因此祈禱著在這個時期不要下雪。記得三、四年前，大約也是在這個時期下起了大雪，那一年的梅子就長得不大好。這就是順應著季節變化而生活吧！憑藉的不是月曆，也非電視、報紙上的新聞，而是當下，處於谷相的大自然中所感受到的，並將這份感覺收藏在身體裡，成為自己的根基。

雖然大家都認為心與身是分開的，不過事實上兩者卻是緊密相繫的。心情好，身體也會跟著輕鬆起來；身體感到舒暢，不知為何心也變得平穩。小孩子的身體很柔軟不僵硬，就是因為他們是隨心隨欲地活著；日漸成長之後，知道的常識、不該做的事情變多了，很多人因此成了將敏銳之心封印住的大人。不過敏銳之心可以幫助我們找回柔軟的身體；而柔軟的身體，也可以讓心變得敏銳。

手作活動與身體的關係非常密切。手作活動，並非使用腦子，而是以身體去感覺，然後製作。

孩子讓我很驚訝地發現，原來他們是那樣接近一切有形無形事物的本質。

製作蠟燭是在谷相小學廢校、孩子們轉到山下城市美良布的大宮小學那年，老師委託我去開一堂一班三十六人的親子課。

三年級的孩子，睜大眼睛看著蠟燭製作完成；清澈的顏色映照在孩子們的眼裡，是一場愉快的蠟燭製作課程。完成後，我向家長提議可以讓孩子在用餐時點這個蠟燭，或是帶進浴室。

火是人類的智慧，不要因為危險就將火跟孩子們隔離，偶爾也可以來個燭光晚餐。如此一來，很普通的一餐飯，也能因為在繩文時代流傳下來的火光映照下變得更美味，我們對於「明亮」的思考或許也會不同。

日後，在山下的良心市場※2買東西時，碰到孩子跑過來跟我報告說：「有很多人的媽媽都做了燭光晚餐哦，好開心哦」；但也有孩子說：「媽媽說火柴很危險，不讓我用」。

※2 譯註　良心市場，農家將自家栽種的蔬果放置於無人看顧的路旁或市場，一旁放有撲滿，購買的人依據良心投入金錢。

雖然我不知到培養孩子敏銳之心的觀念是否傳達了出去，但是反饋給我的卻有很多很多，沒有什麼可以比有這麼多的孩子告訴我家裡的情況更讓我感到開心。感覺是需要培養的，我在三次的教學中講到培育孩子的心靈與身體感受的重要性，這是任誰都可以對身邊的人傳達的訊息。

器皿與生活

心會寄寓於物體之上。
心也會寄寓於樹木、草兒之上。
就像是神
也會寄寓於火、
土或人的心中一樣。

創作者會在他的創作物裡投注某種他自己看不到，卻非常強勁地如樹根般、如臍帶般緊緊相繫的東西。

我想，那是從很久以前，就存在於人類造物之心的根性當中，像是原始的精神般的東西。那是最早最早人類只要是活著，就一定會有的近似祈念的東西。我發現現今，這樣的心情、這樣原始的思想正逐漸消逝，於是整個世界的靈魂力量也跟著不見，人因而無法自處。

換句話說，我想住在我們心中的神，宿於萬物之中的神，撼動著我們的靈魂、為我們注入氣力，成為我們存活的種子、供應心靈養分的臍帶。

但這無關於宗教，而是就像與大自然對抗的農人會信仰的天道大神那般，創作者也有這樣的信仰。

我想，那也就是相信著像泛靈信仰，或是精靈信仰那樣原始的東西。

我們真的相信，這被稱為器皿的東西身上被投注了某種情緒，雖然我們的眼睛看不見，但我相信它確實存在；因此我相信，被傾注了意念的器皿能撼動靈魂。

我日復一日地跟哲平說著這樣的事情。

燒窯的時候如此，每天吃飯的時候如此，每日喝茶的時候也是，都有器皿陪伴我們一起生活著。器皿被注入了心緒、靈魂，彷彿它也是有機體。我想在日常生活當中我們便在製作美麗的器皿。就像過去韓國李朝人們的生活那樣，即使現在這個時代裡，在變與不變之間亦是。什麼是真呢？什麼是假呢？什麼是美？這些疑問都存在於與器皿共同的生活之中吧！

我不時會從哲平放著要淘汰的陶器裡挑出幾個覺得漂亮的來用。有時候他本人沒注意，還會說出「這個怎麼了，還不錯呀。」之類的話。

青木亮※1曾經說過「哲平於轆轤上捏陶的手是原始人之手」。我問：「怎麼說呢？」。青木回我：「哲平不是用腦子思考製作的人，而是出於自然地讓雙手轉動著，已經是不去想要這樣、那樣做，而是出自動物所擁有的天性。」

我覺得哲平很有用轆轤拉坏的天分，他自年輕的時候開始，用轆轤拉出來的坏就很有特色。我尤其喜歡他做的陶器底座（高台），每次洗碗時，我都會仔細地觀賞碗底的高台，並想起製作這個器皿的人。

青木亮的陶器也有屬於他的特色，雖然現在已經無法再相見了，但一邊用著青木先生做的陶器，就會一邊想起他那豪爽的笑容。突然想起青木先生的臉，他的陶器有著讓使用者的手、心都感到愉悅、舒服的形狀。凜然、毫無困惑，擁有堅強的意念，青木先生澄澈堅定的心，現在也仍被包含在他所作的陶器裡，持續感動著我的靈魂。雖然已經見不到青木先生這個完整的個體，但總能藉由接觸他的陶器來感受青木先生的存在。這是

※1 原註　青木亮，一九五三～二〇〇五，陶藝家。與青木先生是在常滑認識的，是會一起談論器皿與陶瓷器的朋友。

青木先生的逝去教會我及哲平的事。雖然眼睛看不到，離開後也成為我們靈魂之根的一部分，成為供給我們心靈養分的臍帶，持續向我們說話的陶器。

青木先生總是從電話那頭傳來熱情的話語，「去看看非洲人與亞洲人的手吧！偶爾也要來東京走走，去民藝館※2看看吧！看看書吧！不要討厭用電腦啦！」現在，就在身旁，在我的手中，青木化作這個茶碗存在眼前。青木過世，再已聽不到他的聲音的時候，我與哲平也像是一起失去聲音般，感覺連心都要死去。此時，我們想起青木有個鐵釉缽，於是打電話去請人將那缽送到畫廊來。我記得看過它靜靜佇立於松山「Cinquieme」的樓梯下方，我曾將它棒起、拿在手中。

當它來到我們手中時，那個缽綻放著光芒，它的姿態就像是再也見不到的青木本人。它感覺就好像青木來我們家時一樣，小小地雀躍著，我與哲平也很開心。將這陶器放在手中時，我想起英國詩人洛里．李（Laurie Lee）有首詩〈春之伊始〉裡的這句話：「若這世間真的有無與倫比的幸福時光，現在我眼前所見的便是了」。

土，一把土，從青木這個創作者的手裡變成一件器皿；而現在，在我們面前的，只是青木的「器皿」。

此時，這個鐵釉陶器從最深沉的悲傷當中，微微綻放光芒，支持著我們。

如果就像人類擁有幸福那般，土也有所謂的幸福，或許就是這樣吧！創作者，與器皿一起生活，我想那也跟土的幸福是一樣的吧！

這些谷相當地的人們給人的感覺非常棒，要將那感覺化為具體，現在我所寫的這些話語中，實在不足以形容，耕地的人已經與某種巨大的物質連成一體。像是向天道大神祈福般，那種感覺很真實，我覺得那是無法言喻的，我想，是不是因為有這些與土發生關係的耕作行為，才為我們現今所在的世界帶來光芒。

雖然，陶器只是一個物質，但不知為何我們在這些陶器之中感覺到製作者的生命及靈魂。

即使看不見，但相信那是確確實實地存在著，那是否是製作者在製作的過程中也一邊祈禱著，因而將自己的心意一起揉進了作品之中呢？

最後，再一次檢視自己所處的地方，讓探索自身心緒的想法奔馳，便能發現有個型態不同的土之神，寄宿在心裡、在器皿之中。

想一想，自繩文土器時代，一路旅行至今，來到的是再也不相信萬物有神、東西用過既丟的消費時代，雖然大家都認為經過幾千年積累的人類心中的野性早已被丟棄，但現在在每個人的心都尋找著與自然相關聯的神明，置身於周圍小小的自然當中，獻身於自身

※2 原註　民藝館，在日本東京都目黑區駒場的日本民藝館。展示李朝的燒製器皿、刺繡、琉球的布等。找個時間出門去吧！

自古代即有的野性真覺，在由土燒製而成的陶器中，我們可以看到些許的溫暖光芒。

悠然度過的每一天

生活是美麗的。
悠然的生活，
映照出梯田的美景。

搬來高知山上的谷相，今年要邁入第十年，與這裡的人們日漸親近，悠然的生活之美感動著我的心。

這樣的感覺是從何而來的呢？我想應該是生活裡許多點點滴滴積累，代代相傳的自給自足智慧帶來的感受吧！以山上純淨的水灌溉，種出作為主食的稻米，形成了美麗的梯田。因為田裡的米與蔬菜能夠自給自足，所以不用為食物煩惱。雖然沒有錢，但是美味的食材卻從來不缺，這裡每個人的人生都充實得令人感到不可思議：種稻、在田間種植蔬菜、保種；在屋簷上曬著高山茶、魚腥草、劈柴、修整梯田的石垣、栽種香菇平菇，製作易於保存的食物，例如醃梅子及蕗蕎、釀味噌及醬油、甘蔗煉製的黑糖、乾燥蔬菜等等；養蜂箱取出山蜂蜜，祭祀山神，每個人的工作都有讓人肅然起敬的美。

我發現，我們的生活與谷相的人們所經營出來的溫暖且美麗的風景息息相關。

去年我們參與山神祭祀活動的主祭（祭祀活動的召集人），接觸到各行各業的人，內心深深地為他們的生活之美所感動。

準備諸蓋料理※1、召集村民、舉行敬酒儀式、款待客人※2（據說擔任主祭者不可以吃葷食），跟坐在隔壁的泰生問起「這樣的祭祀何以能夠承續下去呢？」

他說：「山神呀，是為了要讓大家友好相處才發明這些祭祀的。」

很久以前的人是泛靈信仰，他們拜岩石、石頭、山神，在河川交匯處建造神社（日本亦稱為「神宮」，也有人認為那意味著女性的子宮），神是古代的人們因泛神信仰而造出來的。實際上，在最大的大元神社裡有個大石頭，神尊本體也是顆石頭。「神」這個字的日文發音是 kami，而 ka 有火的意思，mi 有水的意思，因此聽起來是火與水的結合。沒錯，在這裡有稱之為阿間河瀧的水神、稱為金刀比羅的火神。

每到秋天，每個神社都有撒餅的活動。豐收的人家拿出多一些的糯米，收穫較少的人家就提供少一些。由主祭者統一收集這些糯米，擣成麻糬供分餅之用。

撒餅之日，從早上起就令人興奮得坐立難安，何時開始是一個接一個口傳的方式傳開，一分撒，所有人都衝上前去撿，有時會跟隔壁的歐吉桑兩人屁股撞在一起、前面歐吉桑沒發現他腳下有一塊，趕緊去撿起來，有時會發現兩人同時搶到同一塊，爭得彼此面紅耳赤……。短短三分鐘裡，笑料百出非常歡樂逗趣，激起大家的能量，身體也跟著熱了起來。

惠子小姐說「這可說是以前的社會福祉制度呢」，藉由這樣的撒餅活動，讓米從豐收的人家流向收穫較少的人家，讓社會變得較公平些！

一個人生活的八十五歲田賀阿公，去年秋天去各處揀麻糬，聽說最後統計：「拿到九十三個之多」，我想這真的就是現今谷相的社會福祉吧！

在這裡生活的每個人，於天道大神的庇護之下，在大自然裡求生存，自由地獲得食物，在太陽、月亮等自然現象中看見神，或許因而興起祝禱之心。

舊曆在中國被稱之為農曆，至今仍然如這裡的農村一樣被人們使用著，或許與許久以

※1原註　諸蓋料理，在稱為「諸蓋」的木箱中放入壽司、燉煮、糖醋料理等。

※2原註　款待。在高知一帶，賓主一同圍繞在裝滿餐點的大盤子旁，一同用餐、飲酒的請客方式。

前農人播種是順應著月亮的圓缺有關係吧！

我們的心靈深處是與大自然裡的各個神明彼此相繫，人們對著自然萬物合掌朝拜的模樣已根植心中，因為在這裡的人們心裡，早已知道人也是自然的一部分了。所以，身為一個與宇宙有著強烈連結的人，當然不會對生存的意義感到迷惘，而總能保有強大的心靈。

悠然、沉靜、安穩的每一天。每個人的生活之紗，紡成了布，交織出谷相的美麗風景。交融於大自然的生活裡，谷相之所以美是人們悠然地耕耘著每日的生活。就算有時會遇到低潮、失和，但整體而言，人們還是將自己交給了大自然，隨遇而安。米與蔬果是我們的豐厚財產，因而人人的臉上都不乏笑顏。近傍晚的四點左右，燒柴煮洗澡水的煙在村中四處冉冉升起。

悠然的生活或許在現今的資本社會中會愈加少見。

農業是生產糧食的重要產業，但如今的日本就連糧食的自給都變得難以達成。即使如此，以糧食自給為目標並不一定非得要做得多厲害，而是從小地方，例如小小的菜園或田地開始，最近有不少年輕人也開始嚮往自給自足的生活而來到這裡，他們說：「都市生活好沒有真實感」。

悠然生活被凡事以經濟發展優先的日本社會給犧牲，卻在這偏遠的高知山上悄悄地存在著。悠然或許正是他們口中說的，具有真實感的生活方式。如現在這般，草根人們想著這小小自給自足也許某天可以擴大影響到整個社會，就忍不住感到開心興奮。在小小的菜園、田地、稻田裡，耕種自己的糧食若能逐漸展開，有朝一日就會成為未來悠然的生活吧！人口稀少的谷相，最近有十名新生兒來報到。我向山神祈禱，希望這悠然的山居生活可以一代接一代、永遠永遠地傳承下去。

與月亮共生

雨水之日，下雨就該耕地。
穀雨之日，下雨就該播種。
月之曆，代表著與大自然一同的生活。

好幾年前從落腳松山採用南蠻柴窯燒製陶器的石田誠※1那裡聽說，比起用格勒哥里曆（太陽曆）※2，依羽賀※3做的和曆（太陰太陽曆）※4即舊曆來過日子較符合季節更迭，對健康也好。羽賀現在在福島縣以手工抄紙，並用他抄出來的這種和紙製作和曆。
古時候，我們的農耕文明便是照著這舊曆來過日子的。
明治五年（一八七二年）因配合西化政策，曆法改成太陽曆，至今不過一百多年。
記得那是在高知赤岡町那條保有古風而美麗的街道上開始的，名為「冬之夏祭」※5

的祭典。這活動是為了要振興地方，打出「過去之中，有未來；未來，包含了過去」的口號，令人悸動。在鞋店老闆間城先生的號召下，這場有趣的祭典便在每年十二月的第一個星期六、日舉行。

想起我們來到谷相生活以來，說到祀祈神明等事宜的時候，大家通常都是說舊曆的日子，我們在接下主祭的工作時還搞不清楚狀況，感到十分困擾，於是趕緊跑去羽賀製作販賣舊曆（太陰太陽曆）的店，買了一本和曆。

我很喜歡二十四節氣※6的說法，如雨水、清明與白露等。還曾因為穀雨這個詞讓我聯想到天降甘霖，為此製作了張「穀雨之喜，不勝興慶」的明信片。

據說谷相這兒是按照舊曆的時節播種，在中國，舊曆還被稱為農曆。這五年來我們開始過著依月曆而行的生活，這才知道正確掌握季節更迭的感覺。

八重教我要在雨季來臨之前先在田地上培起壟，用剷子翻土將土鬆開，到了雨季，天降下來的雨水在夜裡會結冰，將土鬆化。順帶一提，雨季是在二月十九日到三月五

※1 原註　石田誠，陶藝家，住在愛媛縣松山市，很受我家兩個小孩的愛戴。
※2 譯註　現行公曆即格勒哥里曆，是由義大利醫生兼哲學家里利烏斯（Aloysius Lilius）改革儒略曆制定的曆法，由教宗格勒哥利十三世在一五八二年頒行。
※3 原註　羽賀，遷居於福島縣矢祭町，一邊農耕，一邊製作和曆。
※4 譯註　日本自古到江戶時代初期為止都採用中國曆法（日本稱為：太陰太陽曆），一六八五年參考了中國及西方的曆法自己制定了和曆，直至明治維新後的一八七三年改為使用格勒哥里曆，民間占卜、算命和春分上墳仍依照舊（和）曆。
※5 譯註　冬之夏祭。每年十二月第一個周六、日的祭典。我與哲平也會參加另一個在四月第三個周日的「地球之日」（Earth Day）。
※6 譯註　二十四節氣。於太陰太陽曆中，為了正確標示季節而設置的分點。一太陽年分為二十四等分，從立春開始，交互設置節氣、中氣，並給予各個分點名稱。例如，一月節氣稱為立春，一月中氣則是雨水、八月的中氣為秋分等等。

日，穀雨時節，會降下稻田所需的灌溉之水。還有例如到了九月九日白露時節，蔬菜真的就會沾上夜露等，在在讓人感受到季節及大自然的神祕。

又像是散步時變得更常抬頭仰望月亮了。有此一說，在滿月的三、四日之後經常會下雨，新月※7期間適合收成等，或是滿月收成的蘿蔔通常會是空心蘿蔔※8。

回想起來，大兒子象平快出生的時候有點徵兆，但那時我還不懂什麼是陣痛，都已經去到山田醫生那裡，他卻說「還沒，還沒」就讓我回去了。回家途中去找哲平的師父鯉江良二的太太阿園，她翻開報紙，查看滿潮時刻表，確認當天滿潮時刻是在晚上的六點四十五分，果然就在那天的那個時候出生。

山田醫生也說，根據他們醫院所做的統計，生產時刻確實是受到月亮的影響。女人的身體每個月有每個月的節奏，且是與月亮一起運行。因此身體對於懷孕生子的準備也是每個月跟著月亮的運行而變化。所以女人這孕育生命的身體，可說是完全配合月亮運行。我想跟生小孩相似，播種與收成或許也是配合月曆。

不僅如此，聽說我們的情緒也受到月亮盈缺的影響。像是滿月之時，犯罪、事故會較多，而新月之時會比較平靜，心情也會比較低落。

滿月之日的夜裡出外散步，會讓人感到非常明亮、心情很好，有種「現在是中午嗎？」的錯覺，真的就像月光浴這個字面意思一樣。我想和曆就是與月亮同生，藉由二十四節氣感受季節，隨著自然節奏的曆法。

谷相人的生活，與太陽、月亮有著密切的關係，朝著一切恩惠的根本太陽，即天道大神合掌祈求，並依詢月之曆（陰曆）播種、收穫。藉由太陽、月亮所孕育的萬物與宇宙相連繫，獲得一種在偌大的地方生存著的安全感。發現了嗎？農事是一場與自然的抗爭，我們的生存之根也就自然而然與太陽神、月神相繫著。

大概是因為生活在山上，月亮大到像是觸手可得，讓人每天都滿心期待地想要尋找月亮在哪裡。中秋賞月時，大大的月亮從山上蹦出來；與月亮一起生活，從了解月亮每日的形狀開始，散步時，抬頭觀看著夜空，看看今天的月亮是什麼樣子，便是與月亮產生關係。月亮與太陽，對於古代的人們而言如同神明一般，現在也是如此，據說我們的生活，與動物同為生命體的人類，與以太陽為中心繞著的地球跟月亮的運行有著深切的關係。

正因如此，我們更該將時間掌握在自己手中，照著自然曆，隨著季節，跟著自然及宇宙的律動生活。

鐮刀、鋤頭，還有自然曆成了我們自然生活中不可或缺的工具。

我終於發現，播種乍看只是耕地、栽種植物，但其中更包含著祈求與地球、月亮、地球共生，與宇宙相連的想法。

※7譯註　新月原指陰曆一個月的開始；但有時被當作「朔」之後第一次看見月亮的日子，大約是農曆的初二或初三。
※8譯註　空心蘿蔔意指過熟的蘿蔔。

身為種子的我

如母親般的土地。
如母親般的海洋。
如母親般的地球。
如母親般的自然，
身為女性，如一顆種子的我。

因著孩子誕生的過程，我經驗了分娩，懷胎十月的肚子裡就像是種子在我肚子裡成長，我的身體成為土壤，孕育著種子。這感覺跟人與大自然、宇宙的關係很相似。如同植物會開花結果，我也結出了名為小孩的果實，那感覺讓我像是一棵樹伸長了粗大的根緊緊抓住地球般，帶來滿滿的安心感。據說生產與月亮的圓缺、海水的漲退有著關係。每一個女人的身體機制都為了生產而準備，每個月骨盆開合。我們的身體會隨著月亮的規律，將骨盆開、合，因此身體並非只是依造人的意志而是被月亮的周期所左右。

月亮不只是能遠觀，還會影響到女人骨盆的開合，感覺我們的身體既像是月亮又如同海洋、天空，也像是土壤。懷孕生子讓我確信我們的身體正是大自然的一部分，並與宇宙萬物相連繫。

每個女人都能夠創造生命。母雞獨自在二十多天內孵育雞蛋，一次誕生出七、八條生命。這些事情沒有人教牠，牠就知道該怎麼做。在無人知曉的情況下，母雞就能靜靜地獨自孕育出小雞。或許人類本來也就像動物一樣，獨自地孕育生命。人類也好，雞也好，都同樣是與地球、宇宙之間有著什麼切也切不斷的連繫，創造下一個世代的生物，或許我們可以說，我們的身體裡流著刻畫在所有生物基因中的思想。

現在，人若是沒有被教導或學習就不會生孩子，也無法獨自養育。

生兒育女，是與生命息息相關的事，每個女人都是透過生產才真正認識自己的身體。此外，體驗過生產後的愉悅心情，身體才算是真正地解放。透過生兒育女，才能學習生命的豐富課程。哺育嬰兒，看著他日漸成長茁壯，為他做飯，每一件小事都是延續生命的大工程。

養育子女啟動了我們的動物性直覺，豐富了我們的生命，煮飯、縫製舒適的衣著，還有搭建住屋也都是為了撫育生命。生活是為了延續、養育生命。

今日，多虧了便利及舒適的生活，女人可以不必遠離社會，得以工作、自立，這也是另一項事實。

在明白這點之後，我們知道生活本身是撫育生命的事業，有人會誤認為要追求生活就非得將工作與生活，或是工作與養育子女分得清清楚楚，造成彼此對立，但我想兩者兼顧才是正確的。

一般我們會把能賺錢的事情稱做為事業，但其實我們還有更重要的事。在我們的基因裡留著生產及生育擔負下一個世代人的角色。不怕大家誤解，我們也和種子一樣，是引渡人類的種子，我們或許就是為了完成這個角色而被生出來的。

因此，有時我會這麼想。

我所接受的教育是戰後民主主義男女平權。在女權主義的影響下，一路走來，我都認為男女能平權工作。但是，大概是從生了孩子之後，我開始感到再也難以在這樣的想法下生存。從前的人們，認為女性是依附在男性之後的第二性，女性的生存非常艱辛；但事實並非如此，女人覺察到，自己不也是跟男人一樣生存著。

女人發現，這世上還是有如果不是女人就不能做到、無法展現的事，男人也同樣發現無法只被事業滿足，只有事業並無法真正感到幸福。

恬靜的生活並非是要在生活與事業裡二選一，而是像俄羅斯娃娃那樣一個裝著一個，每個部分都要自立又彼此協助。

因此並非像男主外女主內的分工，而是像與自然共生共榮般，女人與男人共生，事業與生活的共榮。

我開始覺得在這個時代，若沒能思考出新女權主義的觀念與生存方式，就很難真正讓女性喜悅豁達地兼顧事業與養育子女，夫妻之間也難有良好的關係。

我自己有兩個孩子，也是一邊教養他們，同時兼顧著工作。一開始家計是仰賴哲平，孩子生下來後沒多久，我就開始了每天在家裡的工作、耕田與種菜。為了要實現不依賴消費、凡事盡可能靠自己的手去做的生活，當時甚至連田裡所有事、種香菇、種滑菇、自製肥皂、味噌、梅干、工作褲、挑肥、堆肥、採柴薪等等各式各樣的工作都自己來。即使如此，光是只在養育孩子與生活之間穿梭，總讓我覺得自己與社會毫無連繫，覺得我不是我自己，仔細想想什麼時候我才最像自己，才察覺是在布創作之時。

因為希望跟哲平的關係能變得更好，我們促膝長談了好幾次，最後決定跟自然、洗滌有關的事交給哲平，我則負責煮飯、打掃。在布創作、育子、作飯之餘，我要如何與這個男人生活呢？放眼望去身邊也尚未有人擁有這樣的美好關係。關於夫婦別姓※1、戶籍制度※2等問題，還有該如何跟另一半分配工作比較好，難題接二連三。

我們媽媽那個世代是家庭主婦的時代。要是有人可成為範本的話我們該有多麼輕鬆，然而環顧四周，卻不見彼此溝通順暢、相處愉快的夫婦。說到結婚，雙方的負擔都很大，不少夫婦都只能彼此忍耐。男女雙方都能做自己喜歡的事情，不束縛彼此，找出讓大家都能心情舒暢的生活型態是我們的目標。

所幸，我們即使兩人都在家也能工作，相較之下就比較容易一同教養孩子、分擔家事。

雖然經營生活、經營兩個人的關係非常地不容易，但也因為誰也沒有範本，所以很值得。

我想女人已經了解，生命是從何而來，以及如何與自然共生。我們透過自己身為大自然一部分的身體，解放自我，將我們所理解的事物置於心中，才因此得以堅定而柔軟地在土地上展根生活，那並不是僅靠頭腦去理解、自認為清楚的世界觀，而是要靠身體去體認、去感受的愉悅舒暢才是真的；那才是唯一能轉動世界、推動每一個人的真理。

這無可動搖的真理是大自然、是宇宙，是位在谷相的我們所崇拜的山神，也是我們所祈求的稻米、作物豐收，向母親般的地球、海洋、山、川，還有土地所發出的祈願。

我們對生命的祈願在於每日悠然代代相傳的生活中。

而我從耕田、播種體悟到生命，就好像母親照料嬰兒。會這樣說，是因為我也透過生產、養育孩子，體悟到我生命最核心的變動。不知不覺中，身為女性的我的身體，參透了宇宙與地球的奧妙。感覺自己被偉大的自然所接受。

此外，我也從「吃」學到了生命的課題。因為是每天想著那些將我做的食物送入口中的人，然後全心全意地親手烹煮的餐點，家人們個個吃得健康。仔細地清洗著同是有生命的米和蔬菜，像在清洗身體那般仔細，處理維持我們生命能源的這些食材。在廚房裡我總是懷著溫柔的心情，用心去做這些事。

如果男人也可以透過生產、養育子女來察覺與體悟生命，相信他們也能更愛護自己的身體；他們若能體認到與自己相連繫的人或工作也對自己的生命舉足輕重，相信他們也能更虛懷若谷、更能真心去做許多真正良善之事。

因此，我想對於男人而言，不僅僅是在自己的工作上用心，也應該在生養孩子這個可以學習到生命的地方好好參與，才能獲得更加深刻且豐富人生。

※1 原註 夫婦別姓。我們家是夫婦別姓，但是在村子裡還是被稱為小野太太。譯註：日本民法規定夫婦婚後要同姓氏，但現今妻子可自由選擇是否要從夫姓。

※2 原註 戶籍制度。我覺得「入籍？」有些奇怪。結婚難道是紙面上的意思嗎？戶籍制度已經不符合時代了。

理解了生命的體悟後，就能培育出溫暖、柔和的心。將恬靜的生活當作是自己用心經營的工作。但並非以自我為中心、只想著如何對自己好，人與人之間的關係，不正是讓彼此真正感受到幸福嗎？對我而言工作讓我、還有在這地球上與我有關聯的人感到心情舒暢，有人珍惜愛護著我的生命，而我也同樣地想要這樣溫柔地疼惜著某一個生命。

身為種子的我。對我而言，正因為體悟了生命的課程，而讓我想要將生活的根深深地與這片土地結合。

時常化身為旅人

旅人
是隻鳥，
在高空中用鳥眼
望見現在的生活，
看見生活的根何在。

在梯田播種耕耘的同時，因為我與哲平都喜歡旅行，孩子們開始上學後，每年寒暑假我們一定會走一趟亞洲之旅。

在當地我們還是自己作飯，到市場去採買米、鹽或蔬菜是一大樂趣。

最近孩子終於上了國中，不再那麼容易生病了，可以不用再扛著煤油爐去旅行。但我們還是會帶電磁爐，所以依然可以很快地煮紅茶來喝，或是來杯晨間咖啡。哲平會將自己燒的茶杯用布包著，直接提上飛機。

出外旅遊，感覺讓自己脫除了一切束縛而輕鬆自在，並不時發現我們遠離了根深柢固的生活之地，像是飛在高空中的鳥張著眼，遠望著我們現有的生活，旅行讓我們可以更深刻地感受生活，對我們來說是很重要的。

我與哲平都很喜歡旅遊。每次談起要去哪裡旅行好呢？答案一定會是我們最喜歡的亞洲邊境。至今，只要一想到印度、尼泊爾山上及西藏高原上的人們，還有泰國、緬甸、寮國山岳少數民族的生活，仍會讓我難受到胸口隱隱作痛，不明白這股惆悵是因何而起？我搜尋著記憶，在那裡發現了人類生活本質的原點。

與自然共生的亞洲各地人們的原始生活方式，雖然簡單且樸素，也充滿了智慧，或許是因為這樣而讓人動心吧！一邊旅行，一邊在自然中過生活，讓我開始渴望回歸到能盡情展現原始自我的生活。此外，行走在亞洲的邊境，經常讓我思考何謂真正的生活與富足。

我們雖生活在日本社會之中，但缺乏生氣，未能獲得對生命的體悟，感覺生命就像被切得零零碎碎的。

我們吃雞肉，卻是在無法感受到一隻雞也是一條生命的情況下食用。我們不曾見過雞血。從出生到死亡，現今的我們活在一個完全感受不到生命的社會之中。感受不到所謂活著的真實感，社會與生命好像是個別分開存在，我們活在遠離了自然及山、海、土、大地的地方，導致與生俱來的野性也跟著消失殆盡了。地域與共同體，人與人之間的關聯亦都變得稀薄了，也可以說是彼此溝通的能力逐漸下降了。

像是在太陽下生長的樹般，我們生命的根本，賴以生存的根究竟是什麼？現在，我們在高知的山上，正視著生命、過著生活的時候，所感受到的東西，像是被時代淘汰下來，勉強持續下去的事；像是宗教、山神等泛靈信仰；又或是召喚巫師之類的薩滿教；動人心弦的祭典；神祕的事；籠罩在彩虹及迷霧底下的，在美麗而森羅萬象之中的東西；已在近代文明中逐漸消逝了的東西。這些，仍舊混雜在亞洲各地的社會之中。

在泰國，大多數人仍相信世上有稱為Phi的精靈，生存在森羅萬象之中。他們以小廟祭祀著這些在自然中各界的精靈，不論是在大樹下、家裡的玄關、大型建築物、公寓等隨處可見有人祭拜，每天早上都會點上一柱香拜拜。現在，只要回想起我們在亞洲的旅行，亞洲的各界神明就會浮現眼前，伴隨著鮮明的色彩及氣味。

近代文明之中再加進經濟至上主義、大量消費及物質主義的總和恰可說是亞洲的感覺吧！也可說是心，更屬於精神性的東西。我便是為了找回這種亞洲的感覺，而成為亞洲的子民，遊歷於亞洲邊境。

其中有趟令人難忘的旅行，是在前往泰國南方島嶼時，穿梭島嶼的途中，看見南十字星。那次旅行不只有我們一家人，總共是三個家庭帶著孩子同行，光是男孩子就有六人，其中四個男孩子是小學生，另兩個孩子是幼稚園生。當時象平在唸小學三年級的暑假，鯛才一歲。山本先生是大學的德語老師，他們家的孩子們是會把魚貝、螃蟹撿進水桶裡帶回家觀察、熱衷研究的家庭。

還有當時與我們家一樣在燒陶器的二宮一郎，我們暱稱為阿一的一家人，他們會在旅行的路上，一邊採集食材，是所謂野生派自給自足一家。他們採收貝類，以石頭敲開後拿來煮就是一道小菜了。

途中我們和山本家道別，與阿一他們一家人從蘇美島坐船經過帕岸島（Phangan），最後來到了小而美、以潛水聞名的小島——龜島（Tao）。在這個島上，我們下海去捉烏賊、竹莢魚等等，抓到什麼就吃什麼。

就在阿一帶著孩子們在珊瑚礁淺攤、追趕魚進網的時候，有人喊著「由美！阿一的食指斷了，快拿針線來……」，然後跑了過來，隨後阿一也來了，食指的指尖破了一個大洞，深可見骨，他說是「在淺灘追趕河豚時被咬到了」。

阿一受了這樣的傷卻還是很冷靜。先幫他止血後，便向附近小木房裡的人借摩托車，

旅行囊中的隨身物品
去程
回程
兜襠布3條
吊帶背心4件
襪子 雙層穿套（旅行時）X3組
阿蘭製襪套
幾本書和剪貼簿
漿糊
筆
pakama
（毛巾）
帽子
雨傘
泳衣
肥皂
牙膏
牙刷
肥皂
（含麝香油）
洗髮精
YUKI
連身裙
信用卡
護照
錢
藥
梅肉精
腸胃藥（PAKURAMIN）
梅干
工作褲
襯衣
掛在
脖子上，
不離身。
因為要尋找
手織布，
每次都會帶上
可摺疊收起的
大型手提包
大包包
裙子
漏斗
附網子
琺瑯垃圾桶
美麗的掃帚
米箱
湯匙
魚露
刷子
鱷魚柄杓
Kae
刨絲器
大理石磨
剪刀
象神神像
碗
筆記本
蒸籠
土鍋
手把
木製圓形砧板
膠帶
線
木製鍋鏟・飯匙

由哲平將他載到港口那邊的藥局去，即使坐在摩托車後面，阿一還是很冷靜地教著驚慌的哲平要怎麼騎摩托車。島上的藥局好像已經很習慣替受傷的潛水客處理傷口，先是消毒，然後為他縫合，再吃抗生素後，就回來了。但阿一沒有因此學乖，當天又跑到山上當起獵人，還爬到樹上去採木瓜跟椰子來吃。

阿一受傷才沒多久，為了不要讓孩子們因此害怕大海，就一邊將受傷的手指高舉起，一邊在海中的淺灘處帶著孩子們抓魚。當時我和哲平都很佩服阿一這種任何事都打不倒的精神，如果是我們想必立刻回曼谷衝去醫院了吧！

但之後我們還是先回曼谷了，因為一歲的鯛一直拉肚子，甚至拉出血便，我們心急如焚地搭飛機回曼谷，衝到醫院去。不知是不是因為我們用了外島水質不佳的水煮飯，還是吃到了附著土的蘿蔔泥或芋泥呢？我們感受到這小小生命的重量，一路祈禱著，希望平安無事，一邊從一艘船換過一艘船地穿過海象不佳的大海。對我們來說也真是一趟辛苦的旅程。

阿一回到日本後，立即去醫院報到，結果醫生說要是細菌侵入骨頭，嚴重的話得要截肢，所幸島上的藥局處理得當。即使如此，因為手指的皮直接牽動著骨頭還是會痛，最後只得削骨才能止痛。我們回日本後見面時阿一讓我看他的手，削去一部分的手指竟然已長出一點指甲了。

阿一回來之後就進寺廟去刻佛像，似乎還出家了。我跟哲平都不意外。他在跟孩子們說話或是催促時，不論孩子們怎麼說，他都能平心應對，有阿一為伴的旅途中，我們學到很多。

聽說阿一小學三年級之後就沒有跟雙親一起生活了，他的父母親是偏遠山區的學校老師，無法照顧他，所以他得要自己一人煮飯、過生活。後來，阿一結婚後，在家照顧孩子、做家事都歸他，妻子阿新則出外工作。阿一波瀾不驚、從容不迫、心境平和的模樣，彷彿令人見識到佛祖的生存方式。

即使到了現在，還是會經常夢到這趟旅程，似乎暗示著其中充滿了各式各樣的收穫。也許是很長一段時間想著要去的夢想中的龜島，終於可以成行了，當時讓我有種想起什麼來的感覺。

旅行是很不可思議的。當下未能察覺到的事物，總在時間匆匆流過的生活中忽然襲來。很長一段時間，我認為旅行就是文化，像是縫製自己的衣服，也像是依照自己的方式過生活一樣，去規劃自己的旅程。

旅行中，我總會思考生命的根源是什麼。我不斷地追尋活著的真實感受，探尋其根本而來到亞洲邊境，終於在此找回亞洲的感覺；然後才發現在高知的山上也有這種感覺。若精靈信仰、泛靈信仰與薩滿教等原始宗教信的都是山神的話，那就是為了與自然產生連繫而向山神祈願；為了喚醒我內在的原始感性，祈願。

現在想想，大老遠地到遠方旅行而發現的事情，其實就在身邊，日本之中的邊境——高知的山上也有。雖然覺得旅行是超越時空、國境，但事實上或許只不過是在遊歷我的內心世界。

就像是對身體及生命的體悟一樣，旅行的體悟是不是為了尋找與自然或宇宙相連繫的野始感性流動呢？旅行後留下的東西成了眼睛、耳朵、味道、姿態、心靈、生活的積蓄。然後，過了一段時間之後，突然意識到而觸發。忽然間旅行畫面中的自己浮現。例如，像是眼睛咕嚕咕嚕地轉著，滿是灰塵、粉塵，雞群的翅膀叭噠叭噠地揮動著空氣，令人聯想到印度舊德里的人山人海。後來的後來，即使在夢中，從後頭追上來的旅行的積累，持續構築著我另一座夢想的森林世界。

廚房裡用餐的桌子。

不使用保鮮膜，以餐盤當蓋子取而代之。

我最喜歡廚房。我的廚房與地球相連繫著。

早餐、午餐、晚餐。底下鋪著稱為 pakama 的泰國布巾。

以大火炒蒜頭。（上）
趕緊嚐嚐自製的紅茶。（下）

（上）每年都會醃漬 5 公斤的蕗蕎。
（下）泰國蒸籠　從開始使用到現在將近 20 年了。

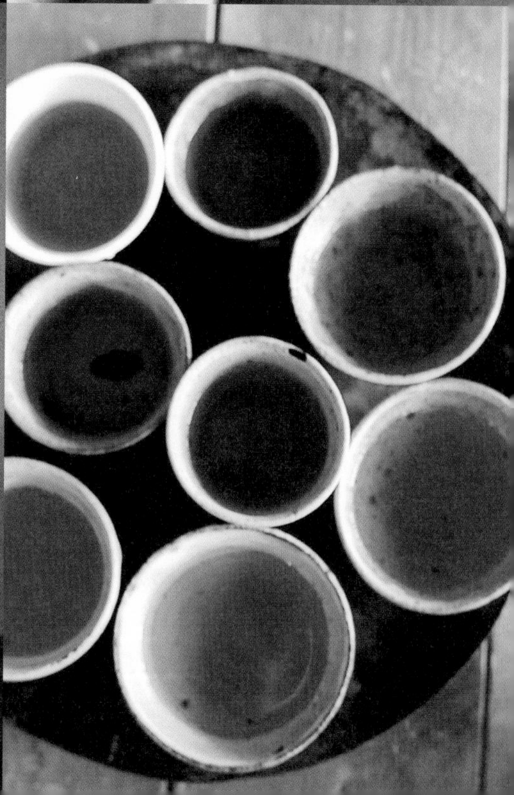

把盤子倒蓋，還能欣賞高台。

（右）即使在高知也只有這附近才有的珍貴黃金柑。
（左）泰國的掃帚與日本的舊掃帚。從結婚那時使用至今。

（右）離家時，媽媽給我的飯匙。
（左）將黃金柑切瓣來吃。

見到柴薪小屋中堆滿木柴就會感到安心。木柴是我們的儲蓄金。

（右）以這支頗有重量我愛用的平底鍋來料理。
（左）品種名為千代姬的桃子。每當結果時節就令人開心不已。

（右）種在梯田小小果園中的野莓。
（左）我也很喜歡的藍莓。

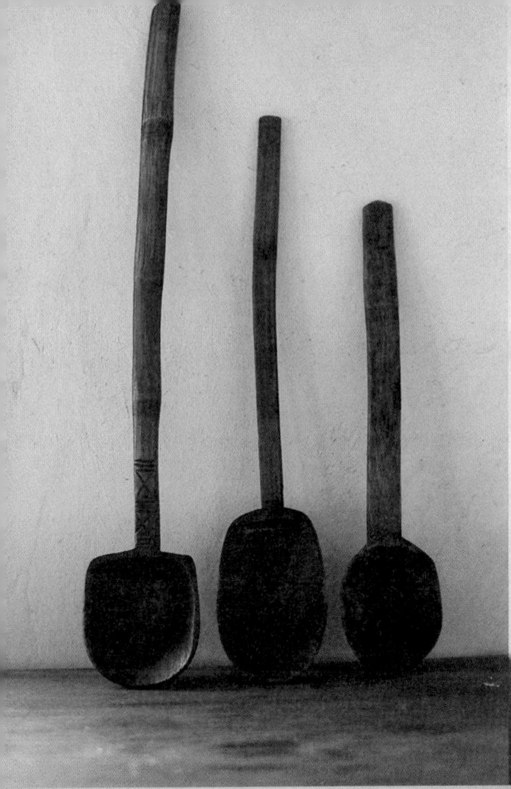

（上）竹與木做的湯匙。
（下）每天喝茶時間登場，哲平做的急須。

（上）節郎先生的土娃娃。
在展覽會上購買的。
（下）玻璃瓶裝的糙米與胚芽米和抹布。

高知閃耀的陽光與剛洗好的衣物。

陶土製的碗盤，洗淨後放進竹篩，拿到太陽下晾乾。

大家在修司的田裡插秧。
直到收割，心情都跟著稻作生長狀況起伏。
不知為何，插秧讓人感到非常充實。
是並非為了賺錢，而是為了種植作為主食的米而勞動的緣故吧！

梯田中小小果園裡的各種可愛水果，
櫻桃、藍莓、枇杷、稱為千代姬的桃子

饒富風味的料理

培養愉快心情的生活方式

鹿鳴聲在耳邊響起。
尋回我的野性韻律。
與生俱來的自然的感覺，甦醒。

播下愉快的種子，若是能每天持續培養，生活應該會變得愉快而舒適。若想要在每天的生活中不斷地找到快樂，得要先由自己播種培育才行。

於是，先找尋適合自己的方法。

現在，我是個文明人，但也是屬於大自然的人。來到谷相生活，才發現世界的土壤裡四處都是種子，長出如茵綠草，但是我們四週的環境卻不斷發生著重大的變化。在現代化之中承擔偌大不安而活著的我們，已漸漸不再對生命祈禱、向大自然祈願。人們到底在何時才會感受到幸福呢？愉快的心情是自己播種、呵護及培育的。

我處於自然之中、散步、於田裡收割、專注在縫紉工作，以及精心烹煮餐點給大家吃的時候，都讓我心情愉悅、感受到幸福。當我花點工夫從無到有創造出某件作品、勞動身體砍柴升火以準備洗澡水、點起火爐與柴窯，在在都能感受滿滿的喜悅。

另外，為了盡可能不仰賴藥物與醫院維持健康，而做些對身體好的活動，也會讓人心情愉快。我也會做像是溫熱刺激療法（THERMIE）、丹田呼吸法、泡腳、放鬆體操等等的。另外，食物是身心健康的基礎，因此飲食理當是生活中最重要的事。田裡的蔬菜因為新鮮所以好吃，像蘿蔔是拔起來立刻煮，所以好吃沒話說。還有要吃一些會讓身體感到溫暖的蔬菜和豆類，例如牛蒡、蓮藕、生薑等。

不論是溫熱刺激療法、身體保溫法、熱水袋、泡腳，都會讓身體感到溫暖，有益健康。

身體健康才能愉快地生活及工作吧！身體與心（心情）的關係是唇齒相連，不可偏廢，因此用心過生活是很重要的。

展覽會開幕的日子漸漸接近，哲平與我兩人的工作都變得忙碌，愈是專注在我的布創作，就愈想在其中播下愉快的種子。這是為什麼呢？我想如果沒有了生活，也就更別奢望做好工作的緣故吧！或許有人不這麼認為，但我知道那種不是用金錢購買的、或是依賴誰，而是自己下工夫去做，所獲得的大大滿足及內心無比的愉悅是怎麼一回事。

那就像是一邊讀書，一邊抄下想要記住的句子一樣，在日日的生活中，將留存心中的事特別挑出來，就能感到快樂、幸福。以磨鉢磨著炒過的芝麻、刨柴魚片，將洗過的容器全放在大竹篚裡拿到太陽底下去烘曬、於田中播種、或是手摘種子、茶葉等等的工作，過程中都能感到無上的樂趣，我想大概是因為想要的東西可以自己動手做所帶來的幸福吧！

以我自己來說，大概就是製作紅茶的時候吧！利用手的溫度，讓葉子的味道漸漸轉變成紅茶的香氣。當然，布創作的作品完成時也讓我感到幸福，但其實再普通不過，每日重複準備料理，不是什麼了不起的大事，也能讓我感到幸福。

每一天我都親手製作早、餐晚餐。據說，七年前吃下的食物，就是現今自己所有的身與心，因此我們應當日復一日地用心思考如何製作每一餐，這都是為了家人七年後的健康做準備。我總是手上一邊做著縫紉的工作，一邊凝視著田裡的蔬果，想像著該怎樣料理它們才能發揮食材的美味，通常就是以直覺去製作我想吃的餐點。為家人準備餐點讓我感到既幸福又快樂。

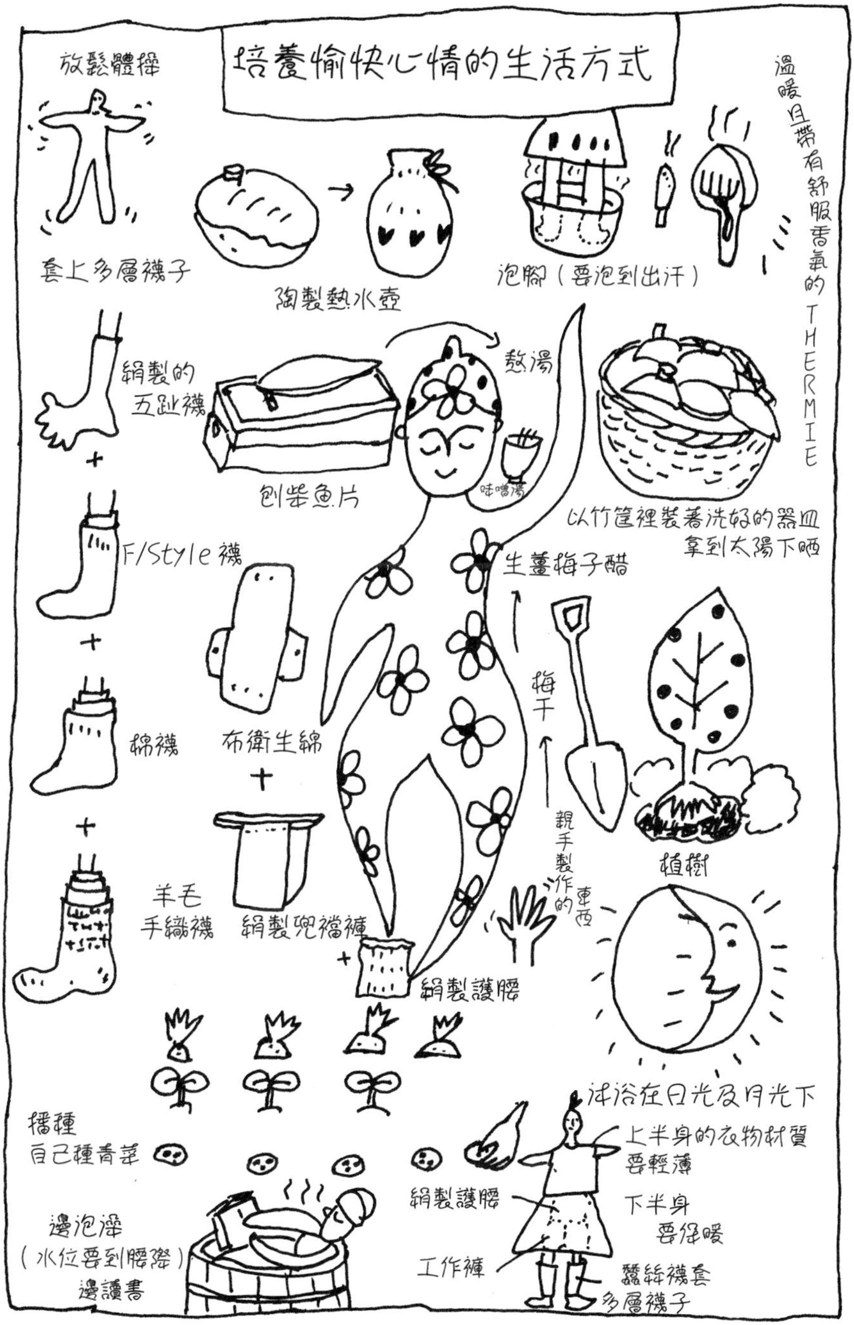
培養愉快心情的生活方式
放鬆體操
溫暖且帶有舒服香氣的THERMIE
套上多層襪子
陶製熱水壺
泡腳（要泡到出汗）
絹製的五趾襪
熬湯
刨柴魚片
味噌湯
以竹筐裡裝著洗好的器皿拿到太陽下晒
F/Style襪
生薑梅子醋
梅干
親手製作的東西
布衛生綿
棉襪
植樹
羊毛手織襪
絹製兜襠褲
絹製護腰
播種
自己種青菜
沐浴在日光及月光下
上半身的衣物材質要輕薄
絹製護腰
下半身要保暖
邊泡澡（水位要到腰際）邊讀書
工作褲
蠶絲襪套
多層襪子

突然想起一件事情，在我就讀中學時，母親因為生病在醫院住了很長一段時間，父親又隻身前往海外工作，雙親都不在家，就變成我與弟弟兩個人生活，因為平常為我們作飯的母親住院不在，我們什麼東西也沒得吃，且我們家又是小家庭沒有人可以照顧我們，最後是靠我和弟弟自己動手作飯才度過這個難關。父親買了《生活手帖》給我們，那是本介紹日本料理與西式餐點的料理書，我們將書裡面學到的事應用在廚房中，我想這樣的經驗延續至今，為現在的我帶來作飯時的樂趣與喜悅。熱氣蒸騰的飯菜能帶給人多大的安心，我想那時候的我早已深刻地牢記在內心深處及身體裡。

丹田呼吸法

吸收宇宙的能量，
讓身體與天地相連，
意識著丹田的位置，
深呼吸。

在「GALLERY海花」的美智邀請之下，我與哲平一起去上了中內老師的丹田呼吸法課程。中內老師是一位八十一歲的氣功師，也是整骨師，每個月一次在高知市內的愛宕商店街公民館裡授課。

本來是想要讓這位老師看看老是喊著肩膀痛的哲平，而我也被叫著一起去。哲平不想一個人去，於是就兩個人一起去了。

中內老師是個笑瞇瞇的可愛老先生，身體直挺，臉色紅潤，總是穿著紅色的襪子。他所傳授的所謂仙道，似乎發源於百年前，但即使是現在聽來也仍不過時。

練這功夫的目的是讓身體的氣運行順暢，與天地相連，將大自然的力量吸納到人體之中。佛家所言「入我我入」※1，即是當宇宙的能量進入我的體內時，自己與本體合一，於是我就與自己一起，融入天地之間。

關於這件事，老師是這樣說的。

「將進到我體內的宇宙能量變成自己的一部分，納入丹田※2，逐漸融入整個宇宙的生命之中。我們的生命力因而獲得充實，並與宇宙相連，這種與神合為一體的修行，即是仙道的丹田呼吸法。」

「於是我們就能知天命，就算不外求於大自然，也能自動達成。究極此道者，則能有類似靈光閃現或是第六感的智慧，便能理解工作或是自然中的各種事物。」

太陽神經叢是聚集在肚臍上方約三公分左斜上方處，分布在胃的後側到肚臍內側之間，細微的神經纖維前端呈放射狀包圍肚臍。太陽神經叢不僅聯繫著胃腸，以及肝臟、腎臟、腎上腺、脾臟、胰臟……等內臟器官，同時也控制橫隔膜、膀胱、生殖器……等骨盆內臟器。

根據現代醫學，脳脊髓神經與自我意識有關，而自律神經則是深深地影響著潛意識，因此太陽神經叢是潛在意識的根源、生命活動的根本。刺激、強化太陽神經叢的運作，也就是強化潛在意識及生命活動。密宗有種修行法是觀心，即集中精神、專心致志地將精神具象化，向宇宙能量本體發出命令。這是在天然的大自然界運行著，調和宇宙觀的大法則，領出天命，遵從命令，靈光閃現的瞬間。加強念力，意即觀心的力量就會是強化內心，同時也強化了活著的根本。這樣吸納宇宙能量的動作，會帶動氣的運行，因此即使只用上一點點的力氣，就會帶來很大的成果，中內老師是這樣說的。突然，令人難以置信地，看到八十一歲的老師的動作，確實是輕快、穩靜、俐落的。

老師說話的樣子也是中氣十足，十分有魅力。因此這段關於念力的談話也讓我有如醍醐灌頂，瞬間迷上了所謂與宇宙連繫的說法。

據說白隱禪師※3透過腹式呼吸法，將氣充滿丹田，集中心志於此，就能獲得平靜。這丹田呼吸法在更早以前流傳於古印度、中國，有一說是經過蘇東坡―白隱―籐田靈齋（一八六八～一九五七）一路宣揚開來，該方法被稱作是老子法，老子在中國有好

※1編註　佛語。指密教中，如來的三密集入自己，而自己的三業進入如來，兩者合為一體的境地。
※2原註　丹田，位於肚臍下方三隻手指頭左右的距離，腹部的深處。
※3編註　白隱慧鶴禪師，一六八五～一七六八年，日本江戶時期臨濟宗著名禪師。

事、好人的意味，所以也意味著是做好事、好人的方法吧！在課程中大家一同做了有三十六招的老子法，其中有個很有趣的招數是以肛門劃8字，首先仰躺在地，然後以肛門橫向畫個8，再前後劃8，整個身體好笑地扭動著。其他還有像是搓揉頭部的百會穴促進氣血循行，或是以手在雙眼之間做出一個三角形讓太陽光照進來，或是增強觀心念力的力道，或是單腳站立、伸展身體，或是按摩甲狀腺、按摩眼睛、拉拉耳朵等等，做這些動作之前都先哈地大吐一口氣，再搭配呼吸一邊進行。

過去我認為身體是自然的一部分，但雖然是自己的身體，卻有很多不了解的地方。只是輕輕按壓肚臍周圍，就發出咕嚕咕嚕的聲音，很快就想跑廁所了。花了一整天的精神與我的身體對話，不知為何覺得身體變得輕盈了。更令人驚訝的是，與天地相連、與神合而為一的說法。自古以來人便不斷地摸索著與自然、太陽、宇宙相連結的方法，我想這也就是宗教家為求得長生不老的養身法所進行的修行吧！

同時，也讓我感覺人與宇宙、大自然相連繫而活著的當下是很重要的一件事。因為處於文明之中，遠離天性的我們，需要這種發自內心感受，一種好好活著的真實感，正因為在這樣的情況下，我們了解生命是自然，是以感受存在於天地之間成了一種必要。

上完課回到家，馬上就睡著了，這也是一種好轉反應吧！然後，肚子裡的宿便也排出很多。可以感到有種像是空氣般的東西在身體裡流動，讓身體日漸神輕氣爽。老師看看我說：「作夢夢到的事或想過的事偶然也會成真，但這並非偶然，而是應然」。這段話讓我大吃一驚，因為那段時間我正寫著自己夢到公公小野節郎病倒，那感覺彷彿是我當下所想的事被看穿了一樣。這段話剛好對應到我的情況，使我心頭一驚。據說將心志集中在丹田上有助於心情冷靜、沉穩，並且可以很快穩住低落的心情，或是學會讓血氣自頭部流向丹田的方法後，就能維持平常心度日。

沉靜的生活不能只是妄想，若自己不去修行，就很容易被情緒左右，心情不定。總之，藉由丹田呼吸法與宇宙能量相連繫時，就能獲得讓心情平靜的力量吧！沒有什麼事情是想要就能馬上得到的。因此，今天起為了追求沉靜的生活，展開仙道修行的每一天吧！

田間食糧

田間的植物生生不息。
這些由孕育生命的土壤生產，
靠太陽與水孕哺的田間食糧，
連繫起我們一家人。
作飯是一項將田地與家人身體相連的工作。
看看田裡的蔬菜，下工夫將它們做成盤中飧。
這些作為生命根源的食物，
是從田裡間播種開始，
種植到烹調，
最後才終於成為我與家人的生命能量。

田裡的白蘿蔔

多汁的白蘿蔔，用在早餐、午餐時，會磨成泥與魩仔魚、炸天婦羅一起食用。整根磨成泥，吃剩下的可以留到晚餐用。以昆布、乾香菇、柴魚煮成的高湯，加鹽巴、酒、薄鹽醬油調味，最後加入蘿蔔泥，然後放入切成薄片的年糕，就是霙湯※1。吃下肚後身體就會變得暖暖的。

（放久）變軟的白蘿蔔可以切薄片撒上鹽巴搓揉，再與柴魚片、美奶滋及磨碎的芝麻做成涼拌菜。

或是將蘿蔔切片，以石川縣的魚醬油或是泰國的魚露醃過後，再放到鐵網上燒烤也別有一番風味（石川縣珠洲「湯宿坂本」的坂本新一郎教我的）。

其他還有銀蘿燉油豆腐、蘿蔔燉豬肉丸子等各種作法，我們家幾乎是餐餐都有蘿蔔登場。

田裡的芋頭

我很喜歡吃芋頭，因此在田裡種了許多。不知是不是谷相的土質特別適合芋頭，現挖的芋頭或是小芋頭蒸熟後口感綿密，趁熱沾點薑汁醬油，一邊吹涼地享用。

※1 譯註　霙湯，霙是指初冬與冬末雪中夾帶雨水的樣子，高湯中加入蘿蔔泥也像是雪中帶雨的場景。

或是切成約一公分厚的片狀，直接下油鍋炸，再撒上大量的帕馬森乾酪粉一起吃。有時候也會與柚子皮、麥味噌一同燉煮。

田裡的蕪菁（大頭菜）

我喜歡種蕪菁也很喜歡吃，所以非常勤於播種。種蕪菁不像蘿蔔那樣費時，又很容易料理，因此只要田裡稍有空檔我就會種蕪菁。它不像蘿蔔需要那麼深的土層。當肉質成熟鬆軟時，以鹽巴、柚子醋、味醂、昆布、辣椒醃漬，上壓重物放一天，讓水分流出就可以吃了。放超過一週就會產生粘性。

蕪菁也可以蒸、炒，當拉麵與泰式湯麵的配料，或是加在味噌湯、奶油濃湯中。

田裡的小番茄

高知的番茄非常好吃，但我是搬到這裡才發現並不那麼容易種的。因為高知多雨，已經種出心得的農家會替番茄撐傘，因此還發明了小番茄專用傘。最近的小番茄體形越來越壯碩。我會摘下田裡完全成熟的小番茄，稍微曬過。曬乾的小番茄再與大蒜、橄欖油一起炒過，然後加上義大利麵就很好吃。或是製作義式涼麵時，以生番茄拌入羅勒、奧勒岡、馬鬱蘭※2等香料即可。

田間食糧　散壽司

我小時候住在京都，每次去朋友家參加生日會，某一家會有散壽司與馬鈴薯沙拉，因此我從小就好愛吃壽司。

散壽司上面各式各樣的配料，合奏出一首和諧的樂章。

常滑的散壽司上頭撒滿蝦鬆與蓮藕丁。

在高知則是以柚子醋混合生薑及其他已先切碎的配料。

每個地方都有屬於自己的壽司。

現在我們家的壽司是混合京都、常滑與高知風格。

每週都會做一次當作大餐來享用。常將散壽司包進海苔當手卷來吃，隔天再做成蒸壽司。總之，我非常喜歡壽司，不論是製作的過程或是吃的時候都讓我很享受。突然想起小時候我曾經羨慕別人家的壽司是走京都風。

因為，當時我們家的散壽司，只是將配料鋪在壽司飯上面，不會拌在一起。每次做散壽司都會想到當時的心情，所以吃對我而言，就是我存在的歷史吧！

※2 譯註　馬鬱蘭，Origanum majorana，又稱墨角蘭，帶有甜甜柑橘味的香草。

田裡糧食　味噌豬排

在做這道味噌豬排前，一定要先燉一鍋山豬土手煮※3。山豬是天然的肉。每次晴一在山上設陷阱抓到山豬，都會提一大塊過來大喊：「我抓到山豬囉！」，孩子們總跟著開心地嚷嚷著：「味噌豬排、味噌豬排」。

以前我們住在名古屋時，常去矢場町的小吃攤吃炸肉串沾味噌醬，有時也會跟孩子們說「今天去吃矢場的味噌豬排吧！」

矢場味噌豬排是一間大型的味噌豬排專賣店。

昨日收到人家送來野生的鹿肉，所以就煮了鍋土手煮。

今天就將豬肉切片以竹籤串著再沾上麵包粉油炸。然後配上切片高麗菜，蘸土手煮的醬汁來吃。

這才留意到家裡居然沒有高麗菜。

不知道八重種在田裡像是在編織蕾絲般的高麗菜可以收成了沒，來去問問看。

若要買高麗菜得到山下的美良布的街上，有點麻煩。

但是這一餐的主角是高麗菜，一次會吃掉好多。

田間食糧　泰式糯米飯、青木瓜沙拉、泰式烤雞

提到泰國料理，孩子們就會搶著說：「泰式糯米飯！」。只是很簡單的蒸糯米飯，再搭配以魚露與泰文發音為「plikk kee noo」的小辣椒剁碎後，加入少許萊姆汁及椰子糖調的醬料，將糯米飯揉成餅狀蘸來吃。做這道泰式糯米飯時，也會再搭配另一道來自泰國東北伊森地區的青木瓜沙拉，我們家會用胡蘿蔔來料理。

用木製刨絲器將胡蘿蔔刨成許多細絲，將大蒜、小辣椒、裝在像是搗臼的陶器裡，還有泡水還原的乾燥蝦仁、小番茄、四季豆也放入其中，然後再將培炒過的花生、刨成絲的胡蘿蔔、溶解於高湯中的椰子糖，放入那像是磨缽的容器裡，以杵般的研磨棒敲打，最後再加進魚露跟萊姆汁調味。

既然做了青木瓜沙拉，就不能忘記泰式烤雞，以魚露醃雞肉，與胡蘿蔔絲一起放在炭火上烤。上述這三道菜即成為一個套餐。

第一次到泰國東北伊森地區時，一走進農村，每一個初次見面的人都會問我：「肚子餓了嗎？」

像是問候一般。

※3 譯註　山豬土手煮，名古屋名產，多是以豬內臟、蘿蔔等與紅味噌一起燉煮。

然後他們盡所能的拿出稱不上是豐富的食物來招待。裝在一大碗公的湯，每人都舀一口來喝。

然後將泰式糯米飯傳到我手上，把他們今天的糧食毫不吝嗇地傳給我。他們教我所謂的用餐就要像這樣不分你我地吃著。大家一起吃飯，像是一家人一樣彼此有了連繫，我想這是在伊森地區農村的人們所教我的事。

於是此後這就成了我們家的問候方式。每當有朋友、學徒、不認識的人或是哪個誰來到我們家，我們都會問說「肚子餓了嗎？」，然後大家一起吃飯。

泰國料理搭配泰國式的問候，已成為我們家的習慣了。

在這裡，食物可以是田間作物，也可以是採集來的食材，例如竹筍、蜂斗菜、虎杖（土川七）等等，還有野生山豬肉與鹿肉也都很新鮮，美味且充滿生命力，吃這些帶來能量的自然食材，身體充滿生命力，也能重新感受到野性的本能，集中力上昇，健康而活躍。過去沒有一個時代像現在這樣世上食物如此豐沛，然而現在卻很難找到具有生命力的食物，若是沒有用眼睛和鼻子及感覺去分辨，很難發現，得像是親鳥運送食物給雛鳥。

我想家人與來我們家的人一起張羅著彼此的食物，一起享用著田裡食材，比起任何事情都更能把大家串連起來。

饒富風味的料理

願每餐都有米飯為主食。
願飲食成為生活的中心。
願製作的心永保寧靜。

我很喜歡在廚房的工作。
無來由地很想要為寄宿在這裡的人、孩子與哲平準備料理。
疲累的旅人來到我們家後都能元氣滿滿地再出發。
這就是身為女性的我所擁有的動物性本能，像是給予孩子養分那樣的心情吧！
盡可能將這感覺發揮到最大值，用以獲取新鮮的食材。

我的田沒有很大，不可能完全自給自足，因此有些食材會是來自八重的田裡、人家送的蔬菜，也有的是去買來的，還有自己去摘採的。

沒有加工過的天然食材，可以靠動物性的嗅覺分辨出來。

或許餵養孩子們的行為正是考驗著我這種能力的時刻吧！

雖然都一樣是料理，但一想到我做的菜被吃下去之後，通過身體成為養分，讓孩子們的生命漸漸茁壯，總是讓我心情激動，想要盡全力做到最好。

在我們家會先看有什麼食材，才去想要做什麼料理，大概只有吃煎餃時才是先想到餐點再去找食材的吧！

平常的主菜不太會是肉類，一定是用了大量蔬菜的料理。我自己是以蔬食為中心，但孩子們跟哲平總是得吃一些肉，所以還是會加一點。

平日以米飯為主食，搭配的日式湯品或是西式濃湯得花較多時間煮，所以我都會在上午就先準備。

接下來就能好好地用心準備其他餐點。

布創作的工作一開始動手就很難停下來，所以一定要處理的事盡可能先準備起來。

哲平就不同了。他可以一邊轉動轆轤作陶，又趁空把衣服丟進洗衣機去洗。傍晚時燒洗澡水，一邊替早上轆轤上製作的陶胚收尾。

我就無法這樣。全神貫注時就徹底把所有的事情都拋在腦後。

放洗澡水時，稍不留意，水就要滿了出來才會察覺。或是要用馬達將洗衣機的水抽出來，結果忘了關，於是那天就沒有洗澡水可用了。因為這樣的烏龍層出不窮，現在只好依我這樣的性格來安排工作。

大部分的工作都事先準備好，晚上料理起來就輕鬆得多。

但是，有時候也是得從頭開始做。當沉浸布創作時，就連作菜吃飯的事都無法思考。

或許料理跟布創作的工作都很類似，都需要有先後順序。

調味料要用天然、用心生產的。

角藤的醬油是極品，香醇濃郁，近似壺底油。

淡紫色的淡口醬油，適合用來作烏龍麵的高湯、燉煮蔬菜也非常地好吃。

味噌是自己釀的，這次做的是愛媛的麥味噌；也使用紅味噌。

味醂是三河味醂或味之母。醋是千鳥醋。

砂糖是黑糖或種子島洗糖。

鹽巴是高知的鹽，或是之前寄宿在我們家的阿武所製作的越南粗鹽。裝在麻布袋裡，大約有二十公斤重。

蔬菜來自我的小田地或是八重的田裡。

米是谷相的高尾先生栽種的或是修司那塊小小田地生產的。

每週收到一次或兩次玄米，吃下去感覺腸胃都被清得好輕盈。

說到這，讓我想起先前住在常滑時，每天都吃玄米。

有時候要將排泄物埋進田地附近，在運送時注意到，桶子的上方浮了一層玄米的殼。一年的時間裡，經過我們的身體又排出來的玄米殼為數還真不少。通過我、哲平與學徒阿方三人身體的玄米，教會了我平常所看不見的事。

所謂無農藥也好或是安全食材也好，不是用腦子去理解，而是藉由經過人吃下肚的食物又變成田地的養分，形成了一個循環的那種實際感受。

於是，便會留意使用無農藥與安全食材。

但也不過分拘泥。

為了特別講究食品安全，從各地路途遙遠地運來的食物，像是蔬菜，就會因為時間而變得不好吃了。

即使要買，也盡可能是附近生產的東西，因為我們住在山上，下山要花不少時間跟工夫。因此盡可能在家附近採購，先前還有團購蔬菜直送谷相，我對此甚感疑惑。例如，遠自長野縣來的胡蘿蔔、北海道來的高麗菜等等，但我總覺得食物還是新鮮的最好吃，所以大老遠送來此地的食材，應該還是略遜一籌吧！

好吃的蔬菜不用怎麼下工夫，只是清蒸、汆燙就很美味。我們家基本上是和食，吃飯配味噌湯及小菜，不時也會換換泰式料理。

製作美味餐點，重點大概是一次做很大量的菜吧！

若是常備菜，不要只是準備一點點，量多才美味。我們家時常都有很多人一起吃飯，所以像是燉菜、煮豆等，是每餐必備且都得準備很多。

吃蔬菜與米飯都是從植物身上獲得能量。我基本上不太吃肉，但也不到完全不吃，因為孩子正值成長期，哲平也需要有肉，所以我偶爾也吃；我很喜歡山豬肉，覺得野生的肉充滿能量，因為山豬都是吃栗子等山裡的食物，才會長得如此的壯碩。晴一曾讓我看到他剛獵捕回來的山豬，我是親眼見證過牠們的強壯的。

我也會吃麵筋做的素肉。

即使不是真正的肉卻能帶來滿足感，孩子們也都以為吃到的是肉。

可能是還在我肚子裡的時候就已經吃了非常多豆子的關係，小兒子經常說他討厭吃豆子，但還是跟著吃很多，其實他還是喜歡的吧！

不論是燉煮豆子或是煮豆子濃湯，都會吃到很多種豆子，其中我最喜歡的是茶豆、虎豆、花豆、鷹嘴豆、菜豆。每週會燉煮一次豆子。放在薪爐上用土鍋咕嚕嚕地燉著。

在我也很喜歡八分滿的白米中加入香米、黑米、小米、黍與大麥等等一起炊煮。

我也很常做飯糰，用餐前很餓的人可以先墊墊肚子，捲上滿滿的海苔，變得烏壓壓的飯糰，比任何糕餅都來得好，經常搭配蒸地瓜當點心。

喜歡的湯是有滿滿牛蒡的味噌麵疙瘩湯與艾草丸子湯、白菜雞肉丸子湯。

每年醃二十公斤的梅子、七公斤的蕗蕎。沒有梅子醋就做不成醃茗荷或是嫩薑，會令我很沮喪。

將新鮮的嫩薑切段，以紅色梅子醋醃漬，是便當裡不可或缺的小菜，是祖母傳授予我的味道。

梅干經濾網過篩，以砂糖、味醂、酒熬煮，很快就能成了梅子醬，不論是用來沾豬排燙蔬菜或是火鍋都很對味。

多虧這些梅子與蕗蕎，讓我們一家都很健康。

像這樣，用心料理，不曾想過要偷懶，是因為不知從哪裡學到，是這些從土裡誕生的米與蔬菜造就了我們的身體。

若是哲平或孩子們生病，我就會越忙碌，因此我更是要努力準備餐點。我真的很喜歡作菜，是因為非常喜歡作菜給別人吃的感覺吧！

而且，祖母教過我，洗米的時候，腦子要想著家裡的每個人，由衷地祈禱祝福，她說這樣就能讓每個人都健康。這也是我每日不可少的動作。

我們家還有一個習慣，不論是哲平、孩子們，還是學徒，吃飽後都會將各自的碗洗好晾著，我們會邊洗碗邊教陶碗、漆器等各種材質的清洗方式。特別是漆器要用絲瓜布、微和布（和紡織的布）與熱水，溫柔地清洗，因為現在很多年輕人都不知道該如何正確對待器皿。

還有我自己長期維持的習慣是進行我最喜歡的「洗滌冥想」。這是我從最崇敬的一行禪師※1那裡學來的，特別是哲平的陶器正好做到高台部分時，我都會在一旁仔細凝視觀看他成功與否，內心會怦怦地跳著。這也是另一個陶器的樂趣。

就像是臨摹哲平工作時手的軌跡，小心地清洗。其他無論是誰做的陶碗，我也能想像它的高台是如何做出來的，有些是出自熟練的製作者無意識之手，也有的是用心製作者在看不見的地方放入了某些想法。

所以，料理也包含了器皿的使用，那是一種用心招待的心意，因此每天作飯的日子也可說是與器皿一同的生活。

我曾在深夜，整理好廚房，然後從緣廊仔細地眺望自己的廚房。每天使用的廚房道具刻劃出來的生活時間，一分一秒都令人喜愛；我喜愛的不是新的東西，而是歷經時間的廚房道具與器皿。

我有兩個蒸籠，其中一個是從泰國帶回來的，用了將近二十年，都已經坑坑疤疤、被燻得黑黑的，但正因為是常使用，有著無法替代的美好。每每看到它都會讓我想起：啊！我跟我在泰國市場路邊攤看到的人家使用的是一樣的蒸籠。彌足珍貴的回憶。

帶瓦桑來日本的時候，他帶了他家附近五金行買的兩段式蒸籠，一起來到日本。在那之前，我們家從未出現過蒸籠，因此拜這兩段式蒸籠所賜，我可以做的餐點大增。不論是廚房道具還是料理，這些經常被使用的，或是做出來的東西都是食譜上看不到的，卻漸漸變得熟悉。那些都是只屬於我的東西、成為我的廚房道具成就出屬於我的味道。

※1 原註　釋一行禪師生於越南的佛教僧侶，和平運動家，詩人。我受到《橘子禪》（*Peac Is Every Step: The Path of Mindfulness in Everyday Life*）非常多的影響。

饒富風味的料理，只有我愛用的廚房道具與廚房裡才做得出，經過無數次經驗累積得出的屬於我的風味。我想在大家的廚房裡一定也有屬於自己的味道。

燒柴窯

柴窯發出聲音，正呼吸著；
彷彿是頭生物般地呼吸。
從野獸的口中冒出閃耀的火焰。
有時候從爐心深處吐出靈魂。
渴求空氣而向上綿延。
望向爐內可見野獸發光的身體。
美麗，而凜然的器皿就靜靜地待在那裡面。

哲平的窯是由火櫃頭（火前）與三間窯室組成，類似「三峰駱駝」的登窯。

這座登窯彷彿是頭生物，偌大的身軀一旦加熱後就會開始緩緩地呼吸起伏著。張著巨大的口，將柴薪吞食而下。柴薪不斷地從火頭櫃投入，但是溫度上昇後，就改成從窯室左右預留的投煤口，一聲令下開始將較細的柴薪投入。

柴窯※1不實際使用過很難理解，焚燒及排窯的方法、天氣及通風、溼度等許多因素都息息相關。

柴燒窯是原始的。人一見到火就會變得興奮無比，這大概是從繩文時期至今就沒改變過的事情。柴窯真的很有意思，那樣地令人心動，無論是誰都會被擄獲吧！

柴薪是從後山，以四噸的卡車運來的松木原木；以電鋸鋸開，再以木柴切割機切割囤積。接著需要先經過風乾，不能立刻使用，所以要在幾個月前就開始準備。

哲平在燒窯之前，要在轆轤上拉坯，將切塊的粘土放置在轆轤的中心，一下拉高一下開洞地將土做成陶器。眼睛也跟著轉動著，拉坯的雙手要抓牢，因為粘土像生物一樣滑溜，他摸索美麗的形狀，不斷創作著。哲平比我還早起，一早就一邊將衣服丟進洗衣機洗，一邊著手轆轤上的工作。

每天早上我都會從轉動著轆轤的哲平後方經過，走向我的縫紉工作室，因此我很清楚哲平被轉動中的黏土吸引，專注地拉著坯。哲平的手一放到轆轤的上方，便流暢地將土拉高塑形。如此被創造出來的許多陶器，會再經過素燒、上釉，然後排進窯裡。

我也會在廚房裡將粘土揉成團，用拇指按壓出一個洞，再以手掌代替轆轤，一吋一吋地按壓、將粘土推薄，做成圓碗、顏型盤。或是用粘土揉成鈕扣，用打洞針打孔，然後一次做一堆。做粘土的工作好快樂，土的觸感帶來療癒的感覺，令人心情大好。

燒窯時最一開始是由做手抄紙的太志與典子來幫忙，我們四個人合力來燒。後來還有石田誠、百合、Kumechi、村木先生※2、金壼鍋先生※3也來幫忙。現在靠我與哲平兩人的體力是不太可能了，要靠年輕人的幫忙才有可能。

燒柴窯時，需要三天三夜守在窯旁片刻不離，得看它的心情小心看顧不讓火熄了，宛如是在照顧活生生的生物般。如果能跟窯火氣息相通，感覺就能燒出好作品。此時須用到五感；仔細聽窯的聲音，看窯火的顏色，聞味道，觀察窯的模樣；當溫度到達某個程度，窯壓增加，會「碰」的一聲，火焰直達煙道，振動整座窯，還會發出嘟嘟嘟的聲響。這一刻會令人有點感動，有完成柴燒工作的成就感，每次等的就是這一刻。在這聲響之後就可以看見火焰在煙道竄動。

※1 原註 柴窯，《器之人小野哲平》（うつわびと小野哲平。Rutles, Inc.）一整年燒柴窯的過程及生活的影像記錄。詳見知生撰文，工藤晶彥攝影。

※2 原註 村木雄兒，陶藝家，在伊豆創作陶器。村木先生一家曾與我們一起在泰國蘇美島住小木屋。青木先生，村木先生，哲平與ZAKKA是三人展的伙伴。

※3 原註 金壼鍋，陶藝家。從常滑時期就開始往來。素食主義者。

窯內是個神祕的世界，即使預想裡面會發生什麼事，還是得向神明祈求；一切都可能因為當天的風向、火侯而改變。某次燒窯，天亮之前天色尚昏暗的時刻，火的顏色轉白，窯溫達一千一百五十度的固相燒結時，我感覺到了。黑夜與白晝交界的一瞬間，天空轉為群青色，那時無法用言語形容，雖然身體精疲力竭，但腦子與靈魂感到神清氣爽，亦無法以言語形容。突然間明白活著就是這麼一回事，感覺到所謂的我就是單純與宇宙、大自然的力量相連而存在，那就像是瞑想之後，頭腦與心、耳朵、眼睛、鼻子都清醒過來，一切通透，留下鮮明的記憶。

燒窯這工作為何會有如此撼動靈魂的魅力？大概是因為這是從很久以前的太古時代起就未曾改變的事吧！人類以雙手創作的工作，以前與現在都如此沒有改變過。

待柴窯冷卻，作品要出窯時，胸中一片激動。

在窯內成形、誕生的神祕之物，呈現著製作者的心意及感受，創作者就是為了這接近理想的形狀而廢寢忘食。

哲平手上捧著剛從餘溫未消的窯中出來、還熱呼呼的陶器。如此令人歡喜，沉穩而溫潤的陶器，只是放在手邊，竟不自覺地引人微笑。只待在身旁就令人安心，放在手邊總想一直端詳。而且柴窯還創造出彩虹的顏色。讓我打從內心認定陶器就是這樣的東西。茶碗的誕生，是從柔軟的粘土開始，透過轆轤塑形，經過素燒、上釉，在窯內放光芒，轉化成美麗的形狀，這一切自始至終，都盡收於創作者的眼底。

可以感受到一個茶碗中蘊含的創作者靈魂，即使肉眼看不到，卻蘊含在陶器之中。

燒窯料理

只是燒柴。
僅僅只是燒柴。
為了燒烤。
當窯與感知合而為一，
就是燒窯料理誕生之時。

燒窯，一年只舉行三次，但都得集結大家的力量，連續不斷地丟柴入窯燒，情緒是高漲的。連續好幾天大家都會吃著相同的料理，因而不可思議地感覺大家就像是一家人。

因為有燒窯這個共同目的，在另一個意義上，感覺大家是吃著同一鍋飯。一次又一次地透過吃飯而彼此漸漸地有所關連，透過料理，彼此身與心都有了連結。

燒窯，並不單純只是我與哲平過生活，總是讓我面對並詰問自己，究竟我與燒窯是什麼樣的關係。

首先，我明白了是我自己想投入燒窯；因為我太喜歡燒窯，這是其他任何事、任何人都無法比擬的，如果只是為了哲平或是為了誰而做，我是沒有辦法的。於是，親手捏製圓圓的顏型盤，還有很多的鈕扣，一放入窯中，也將力量注入。

但是，哲平做了大大超越我與他兩個人能力範圍可以做的——巨大的登窯。

若是不藉助年輕人的幫忙，實在是無法完成工作。

我曾經為了想要燒窯，卻又得去為大家準備餐點，而不甘心地淚流滿面。比起作飯，年輕孩子們也將心思放在燒窯上。

大家都沉浸在看顧窯火之中，一心只想著這件事，燒窯與吃飯，在我當時的內心中產生著很大的矛盾。

我好幾次求助於哲平，告訴他我想要燒窯的強烈心情。當然，我想那也是因為我將哲平的窯當作自己的事情來看待。

當時我沒有察覺到若為了燒窯而廢寢忘食，根本就無法持續下去。也是有人可以不吃飯繼續工作，然而我想，我們是因為重視吃飯這件事，工作與生活才能持續至今的。植物知曉這樣的道理，即使不用任何人告訴它，它也會自己開花、結果，而我們在觀看自然生命這些的過程中，以自我為中心的心情也跟著變淡了。

於是，我決定要盡情地享受製作燒窯料理的樂趣。

接著便察覺到自己想要燒窯的心情並不僅僅只是燒窯而已。

回想起來，哲平總在我面前阻擋說：「你為何要燒窯呢？」

我在二十到三十歲之間，對抗著社會上某種既存規範的高牆，認為有有別於世間的另一種生存方式、生活方式與文化存在著，而我一直在找尋，找尋著那另一種的生存方式，屬於我的生活方式。但是如今，像是我所謂的另一種文化，我的反文化（Counter-Culture），應該就是哲平。

然後我察覺到自己的內在存在著另一個我，在面對哲平，總是給我不一樣的答案。我現在會認為面對哲平就好像是面對鏡子，他總能給我建議，我覺得這樣很好。就像是過去我總認為另一種生存方式得要向外去找尋，但其實答案就在我身邊，就在我的心裡面。

之後，燒窯料理，就向經營食堂的年輕人步美、加奈、直子喊聲，請他們來幫忙。

如此一來，有時我也能從作飯中被釋放，能夠盡情地燒窯。剛好，我的廚房一開始就是朝著任何人都能方便使用的想法打造的，就這樣意外地藉助年輕料理人的力量，使得燒窯料理比起只有我自己一個人忙的時候，更讓人覺得幸福快樂，最近甚至也有人為了吃到燒窯料理而專程前來，場面變得更加熱鬧，讓人興奮得睡不著，太志與典子、阿芝、一步等人也三不五時跑來偷看一下，實在太有趣了。

總覺得，燒窯料理已經自我手中脫離，成為每個人的東西。當步美掌廚時，那天就像是去她經營的步屋食堂吃飯一樣，加奈會做繩文烤麵包，還有開設行動餐廳「虎斑貓bonbon」的直子一登場，燒窯料理搖身一變就成了餐廳。道子煮的韓國料理也帶給大家許多能量。

我想對於製作餐點的每一個人來說，其鮮明的個性也都充分地反映在他們的料理上以及製作過程中。

一回過頭來才發現，我找到了屬於自己、與人產生連繫的方法，那就是將做燒窯料理這項有趣的工作與大家共享，而同時我也能參與燒窯。

我真的打從心裡沒想過做燒窯料理會是長期束縛我、使我痛苦的糾葛。

接下會有什麼樣的料理登場呢？真令人期待。無論是作菜的人或是料理，都期待能有新的邂逅。

窯燒料理菜單

釜玉讚岐烏龍麵

奄美大島風的雞飯

清風茶泡飯

（白飯擺上鮭魚肉鬆、
醃鱈魚子、
柴漬、
小蝦天婦羅、
炸豬排
鴨兒芹、紫蘇、蔥、茗荷、
芝麻等食材再淋上高湯）

蔬菜咖哩

泰式滷雞肉、雞蛋與蔬菜

玄米飯糰與玉子燒

道子的韓式拌飯、

泡菜豆腐鍋與五穀飯

窯炊料理。大家一起用餐。在地板鋪上布巾用餐，再多人也不怕。

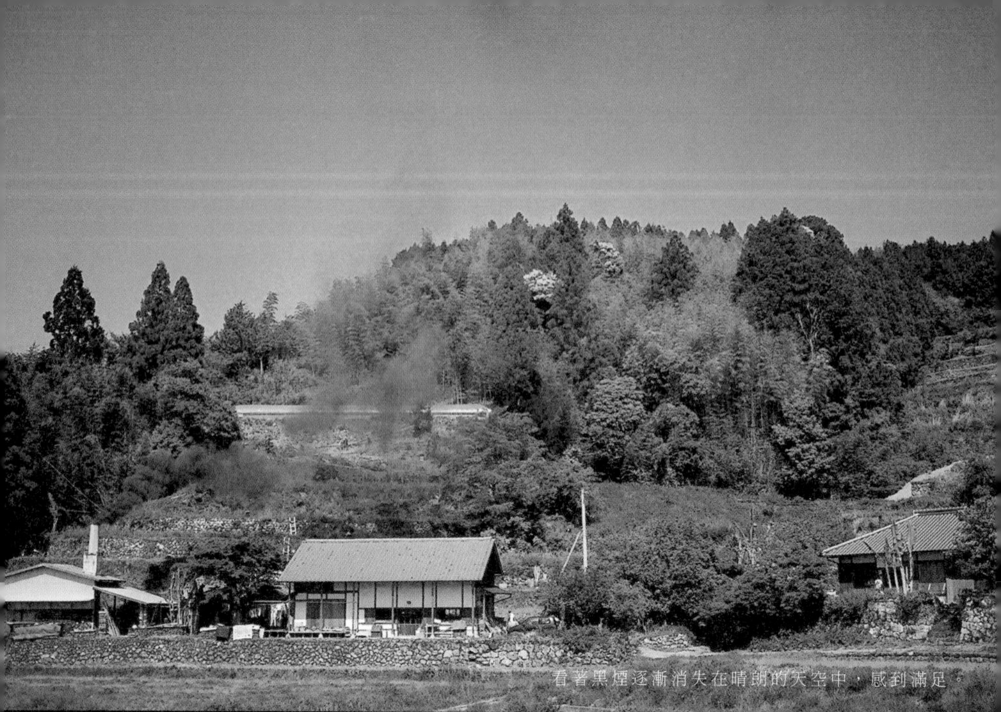

看著黑煙逐漸消失在晴朗的天空中，感到滿足。

柴窯宛若生物，吐出火焰。

配合柴窯的呼吸添加木柴。

燒柴窯。
協助哲平添柴。燒柴窯須結合多人的力量完成。

很喜歡荷葉，有南方的感覺。
雨水打在荷葉上發出啪答啪答的聲響。

（上）散步田間，感受土地的溫暖。
（下）撫摸巨大的櫸木。

摘野莓。

位在道子工寮旁的山衵

大家一起為道子舉行了小小的婚禮。

摘下茶葉搓揉，製成紅茶。

谷相小學，廢校後即使校舍已拆除，卻還是存在大家的心裡。

在梯田邊架了梯子爬上果樹園。

蜜蜂的蜂窩。寶物箱。

新綠時節的稻田。
每個人的生活成了一道美麗的風景。

採蜜時大家開心的笑容。
完成後能嚐到香甜蜂蜜，讓大家甘心一起投入工作。

與植物相繫、與人相繫的每一天。

彼此息息相關的生活

編織生活

一天天地，
編織著生活。
以稱為育兒的編織工作。

栽種棉花，然後將之紡成線；即使是短短的纖維一絲絲連接起來也能紡成長長的線，讓人不禁為此感動。生活也是如此，由小小的每一天，一點一滴累積而成，我也是在有了年紀之後才明白這件事的。

昔日，我曾經企劃過一堂「編織生活」的課程。

題目是重新掌握自己的生活，課程內容是親手縫製工作褲，從彈棉花開始製作被褥、捏陶、磨製小刀或是釀造味噌等。

現在回想起來，忍不住懷疑這些事情究竟跟生活有什麼關係呢？

那時候的我根本稱不上是在生活吧！所以才會想要打造生活，想要將生活重新掌握在自己的手中。想要將生活中從凡事用錢來買、來解決，轉換成可以自己動手做，希冀能夠脫離以金錢為中心的社會吧！

從那之後至今，我細細地編織著我的生活。雖然每個人都有自己的生活，但至少比起以前總是以工作為重心，現在多了點生活感。時代推移，現今大家比較重視生活了。我編織著自己的生活，經過多年後理解到生活是溫暖而和緩的。此外，我開始認為我的生活是自身的反映，也是我的文化。是的，從一開始，生活就已經在我手中了。

我們家的小孩是兩個男生。孩子就像是自己身體的一部分，在他們還小的時候，這感覺我一刻也不曾忘記過。現在會覺得能夠把他們生下來，有他們的存在，真的很好。

孩子們雖然都已經長大了，但養育孩子真的很像是在紡線。我想養育孩子真正的意義就是編織生命。作飯、餵養孩子，使生命延續，即是人類從很久以前開始不斷傳承編織的工作。為了經營我的布創作事業，而讓我們家的小孩去讀幼稚園，有時也由學徒陪他們玩耍，是在眾人的陪伴下成長。如果只靠我們倆夫妻，一定會很辛苦。在我們家有學徒還有其他許多人會來玩，陪這些孩子。

我覺得當孩子還小時，可以盡情在河邊、海裡等自然之中游泳是最好的，小孩就是喜歡水。

我們住在常滑的那段時期，大兒子象平交到玩一群玩泥巴的好朋友，每週都會有人來我們家過夜，他們一邊堆黏土山，一下滑倒，一下打滾，泡在被他們稱為泥沼的池子裡游泳嬉戲，他是這樣長大的。

我們也經常帶他去常滑的海邊游泳。

搬來高知的時候，小兒子鯛才四歲，開車十五分鐘便能到達日御子川，他是在這條河邊成長的。載著他，帶著涼蓆、便當和水壺，跟他幼稚園時期的朋友一起，在有鱒魚、香魚棲息的河裡游泳。拿著竹筒槍※1，帶上稱為「面具」的大蛙鏡，一邊在河中的淺灘處捉魚也很快樂。

我就坐在岸邊鋪著涼蓆做著我的布創作，或是在河邊的大石頭上讀著書，自得其樂。

有時候，因為鯛跑過來說：「我游泳圈借你，由美也一起下來游嘛」，我戰戰兢兢地一屁股坐進游泳圈，任由自己順著水漂流。於是，我的身子與葉子一起順流而下，在岩石間漂盪著，下一瞬間不知發生什麼事，手腳像是被用力拍打般被水流沖擊著。然而，已經變成了水的身體，在此刻已與河川融為一體了。若能任憑水的力量帶領自己的身體，就會感覺自己彷彿是一條魚般。光是看著河川，並無法理解河川，得要在水深處才能理解所謂的河川。親身感受了這不可思議的體驗，便將永生難忘，你能夠感受到河川的心情。就像在河的深處你會產生愛護環境的心情，若河川也有人格，你會深刻理解化成一條河的心情，這些都是孩子們帶我認識的事情。

養育孩子原來就是這麼一回事。每每想到我在教育孩子時，更明白其實是我被孩子教育。一起到河邊遊玩小朋友裡的祐樹說「河川內有河童，不快點回家的人，靈魂會被吃掉」※2，聽說他爺爺常這樣對他說。如果問當地孩子傳說中妖怪到底是什麼，就會得到不是芝天狗※3，就是河童那樣的怪物，傍晚出現在河邊，專找小孩子。想像著這讓孩子每每提起就臉色凝重的怪物到底是誰，也很有趣。

有時剛從學校回來的鯛會說：「今天早上，我從谷相的巴士一下車，就看到山下美良布的街道被雲霧籠罩，感覺很像是煙緩緩上昇，真的好美。」

國中二年級的鯛也被自然的美景吸引住了。

在谷相這裡就會不自覺地對彩虹、雲、霧、雨等等自然美景發出讚嘆。散步時遇上

※1 原註　竹筒槍，可在前端裝入木製子彈的玩具槍。
※2 譯註　原文是「尻小玉」，傳說是人體中位於肛門附近的幻想器官，是靈魂所在，被河童搶走後，就會死在水裡。
※3 原註　《芝天狗》（しばてん），田島征三著，福音館刊行。芝天狗是高知一帶傳說中的妖怪，在這本書中我學到了類似生存論的東西。

的夕陽，或傍晚時分焚燒柴窯看著火的時明時滅，天空與山的交際線呈現群青色，蟲鳴鳥叫都靜止了，感受到那一瞬間只剩下寂靜擴散，眼前，那令人屏息的深藍中透出綠光的美景，你僅能深深深深地震撼、感動著。自然就在我們生活的周遭，一天天地織就出著美麗的日常，因而讓我感到滿心的敬畏。

深夜從山上傳來無以名之的哀鳴，問問從事伐木業的晴一，他說是公鹿在呼喚母鹿。然後，那天夜裡在回谷相的路上看見小鹿正在爬山，小小的臀部上有一點一點的白色斑點。深夜裡萬物睡去的寂靜中，貓頭鷹駐足在大樹上發出呼——呼——呼——地叫聲，狸貓在森林裡出沒。平日我們所居住生活的地方到了夜裡成為動物們的生活場所，但打擾這片森林運作的也許是我們人類，其實是牠們借我們地方居住。

在歷經了好長的時間之後，我現在終於明白，養育孩子、種田、布創作、作飯的每一天，織就出所謂的生活。

生活裡包含了有河川在內的大自然，我及孩子、家人、棲息在谷相的生物、野鹿、山豬、狸貓、兔子、相互連接的每個人，都被囊括其中。我感受到自己打從內心深處對這片土地，對於土地、河川與森林的一種愛戀，像是對可愛之物湧生的慈愛般感觸源源湧出。就在編織生活的真實中。

谷相的弟子

由這個人到那個人身上，
彼此相互學習，
這就是谷相弟子。

谷相弟子，原先是指居住在我家的學徒，但曾幾何時來到這裡的我與哲平也成為谷相弟子。當地人的生活智慧與梯田、開墾出梯田的智慧，堆起的梯田石垣的智慧；為了取得蜂蜜而養蜂，在椎木上打入菌種，種植冬菇的原木栽培；培製紅茶、高山茶；釀醬油、味噌；做蒟蒻、柿漆；種植甘蔗做成黑糖……；關於生活的智慧，自給自足的智慧多得可堆成一座山，彼此相互學習，我與哲平也可說是「谷相弟子」。

最早來到我們家的學徒阿方（晴琉屋方），大約是在大兒子象平出生的時候來的。阿方在我家寄宿的期間，將為我搭建的工作室當作他的大學畢業製作。他跑去向木工學習木作，向瓦作匠師學習屋頂部分的施工，土牆部分跑去找有牆壁破損的人家、看人家怎麼修繕，裝門窗時則去跟在門窗業者旁邊學習邊做。

那時我要為他做便當，他還為我尋找因為小火災而報廢的木材來當柴薪。多虧有他為我蓋了那約四坪大的土牆小屋，現在我才能專心做布創作，真是太感謝他了。阿方他們現在經營「啾啾皮影戲團」，前幾天還來高知這裡公演。他帶了妻子小梅跟孩子宇城一起來我們家吃飯，聊到我們在常滑時期的事情，令人懷念又開心。不論是對於我或哲平，宇城感覺就像是我們的孫子。跟阿方總會一年內聚一次吃吃飯。

在他之後，有三位泰國人來學習作陶，還有無論如何都希望他能來到日本的畫師瓦桑；以寫作長久過著泰式生活的森下雲雀。與澳洲原住民（Australian Aborigine）生活過的Hisao與久美也從澳洲來到這裡。還有一個人是因為本來要搭乘前往印度的飛機沒飛，而在曼谷過夜時認識，之後也來到我們家的阿武，最近聽說他的孩子也出生了，真替他高興。這些學徒彼此也都是很好的朋友。現在還在我們家的有繪厤、（渡邊）道子與阿健，還有修司，大家經過好幾個月一同生活、吃飯，宛若一家人。不是只有血緣相連的孩子才會照顧，還有許多人寄宿於此當起學徒、在我們家吃飯。

不知為何，不只是家人，我還想為很多人準備餐點。家人當然是越多越好，無論是孩子還是我們，來到這邊陲的高知山上，遇到各式各樣的人，與更多人心心連結，這感覺真的很好。因為有這些人帶來新鮮的空氣吹進我們家，因此讓人感到通風良好吧！但也不是每個人都能夠彼此碰上的，也有人是無緣相遇的。

這些學徒寄宿在我們家時都會變胖變壯。剛來的時候都是一身瘦弱又沒精神。雖然我跟哲平都不是在學校學會怎麼創作，但因為透過了與人的邂逅，學到了很多東西。我們也從這些學徒身上學到很多。我想，是因為我們曾經被照顧，有著強烈的感謝之心，當我們有能力時，就將這樣的心情投射在這些年輕人的身上，換我們來照顧他們。

這些年來了許多年輕的孩子，聽他們述說去韓國學窯燒，大老遠把腳踏式轆轤揹回來等等的趣事，為我們帶來了新刺激，真的很令人開心。生在同時代的這些年輕孩子真的很有趣，激發了我們想要跟再下個世代的年輕孩子一起生活、傳授作陶等等的想法。因為也從他們身上學習，所以搞不清楚所謂的弟子究竟是他們還是我們了。

在谷相的每個人也都很開心地與寄宿在我家的學徒認識、往來。今後，我們要與這些學徒一起成為谷相的弟子。

重要的事物

重要的事物。
木的灰燼。
田地的土。
狗兒蘇蘇。
家人與我的每一天。
活著。

有些事物平時不被想起卻很重要。
一直存在著，極為平凡卻又非常重要。比如說，灰燼。

灰燼是開始與哲平生活的時候，從我們的一位朋友、炭燒阿公那兒得到許多灰燼，裝在大大的水桶裡搬來給我們。

每天早上一看，桶裡都沒水。我因為在為布染色時需要灰燼水作為染媒劑，事先會在灰燼裡加水，但隔天早上一看卻一滴不剩，心想該不會是被倒掉了吧！太奇怪了！於是問哲平，才知道他也想要灰燼水中的泥灰，於是將水倒掉。

燒窯、起爐灶後或是燒洗澡水後都會產生的灰燼，這些燒木柴後剩下的灰燼我們都會仔細地收起來用。雖然也想要撒在田裡，但光是給哲平當作釉藥的材料就已不太夠用，只能留一點用在田地上。

到現在我們也都需要用到，所以灰燼對我們來說非常重要。

撒在田地或果樹，讓土壤鹼化。樹木所擁有的力量真的很厲害，即使已燒成了灰燼也一樣有利於田地，或是可成為釉藥的材料、染媒劑來用。同時在打掃時也很好用，灰燼水很常被用在廚房清潔上，可以徹底去除油污、燒焦，根本不用買什麼廚房清潔劑、去污粉，只要用灰燼或灰燼水，就能利用其鹼性使得廚房變得光潔、乾淨。

每次要做什麼的時候，就會思考從前的人會怎麼做呢？然後便會發現其實身邊就有很好用的東西在了。

為了耕地而鬆土，一樣也可以撒上柴木的灰燼。還有放入大量的堆肥、雞屎、木屑、落葉、枯草、稻殼、米糠等。如此花上幾年養土，會忍不住對土壤產生熱情，會知道生產蔬菜與稻米的土壤真的是很重要的。養地不是一、兩天的事，地力也不是一蹴可幾。

還有一件事是我與哲平每天必做的，就是帶狗去散步，同時邊散步邊將一天當中殘留在心中的事或是想要與對方商量的問題拿來聊聊。狗兒蘇蘇來到我們家也快十六年了，因為每日總是都在身旁，不會特別在意，卻也是非常重要的一份子。

蘇蘇也很喜歡灰燼，每次都會跑去燒過木頭殘留灰燼的地方玩耍，弄得全身滿是灰塵。我想牠也知道吧！這樣做可以去除身體的蟲類。有次給了牠壽司卷，竟然埋進土裡打算之後才吃，孩子們看到牠的這個舉動告訴我說「蘇蘇跟由美一樣，會將喜歡的東西留到最後」。這隻生過兩次小狗的狗媽媽，會用舌頭替小狗舔肛門清除大便，孩子們看了都嚇了一大跳。

蘇蘇終究是年紀大了，漸漸地不能行走，大腿根部不知道是長了什麼東西。大約半年前後腳的關節也一樣長了東西，雖然動手術取出卻又不斷增生，只好帶牠到山下的動物醫院求診。

醫生以剪刀剪開蘇蘇那硬塊，血不斷地噴了出來。醫生取出眼球般大小的硬塊，仔細地以針線縫合，留下約十公分的傷口。我們在候診室等著牠麻醉退掉醒來。此時，來了一位老先生與一隻白色老狗。

在等待的時間，老先生一直不斷地與白狗互動，一下要牠坐下，一下摸摸牠的頭，稱讚牠好乖好乖。

問了一下老先生狗的年紀，說是已經九十歲了。我說您與狗狗長得好像，老先生開心地說，狗狗本來就會跟飼主很像嘛！醫生為了要看狗狗的口腔，為牠打了麻醉。醫生太太像是抱著蘇蘇那樣把白狗抱到診台上。

「啊！糟糕，癌細胞在口腔裡擴散開來，已經無法吃東西了，也不要再動手術折騰牠了吧！

已經活到九十歲了，已經很夠了。實在太可憐了，不想看牠這麼痛苦，實在太可憐了。」

「雖然有可以讓牠不要再痛苦、安靜死去的辦法，但還是得尊重您的想法。要不要回家與太太、家人商量看看呢？」

老先生落下斗大的淚珠說：

「我沒有其他家人，就這隻狗與我相依為命。可以的話不要再讓牠這麼痛苦了，醫生拜託你了。」

於是，醫生拿出偌大的針筒。

然後，長得跟老先生很像的白狗就沒再睜開眼。老先生哭著，彷彿化為石像般在一旁守護。

重要的事物總是看不到、摸不著，需要用心去感覺、放在心中珍惜著。現在蘇蘇就只是一天活過一天。看著牠，我明白了吃飯、創作、耕田、與家人共度的每一天都是非常重要的。那感覺就好像是在田裡驚覺又有小冬瓜長出來般，散發閃閃發亮的「寶石」一般驚喜。

音樂與生活

吟歌般播種。
吟歌般縫紉。
吟歌般做飯。

談到生活中的音樂，我想起泰國人「為生而歌」的生活。

在泰國旅行時，發現每個泰國人的生活之中時時都有音樂作伴，不論是走在市場裡、坐在巴士中、湄南河的船上、計程車裡、農村的田間，總是傳出稱為Mor Lam，屬於泰國東北地方伊森地區的民謠。對泰國人而言，那音樂如同心靈的原鄉，讓人心神嚮往、忍不住想要隨著節奏起舞，那樣令人揪心又珍愛。

而流浪者樂團的音樂在泰國作為歌頌生命的音樂，被稱為「生活之歌」（Phleng

Pheua Chiwit）。

當時的泰國大約就像是現今的緬甸軍政府掌權※1，人民期望藉由歌曲或音樂改變當前的生活，讓整體社會漸漸轉好的思想運動；這樣的音樂廣受歡迎，計程車、巴士或船舶的司機每每聽到Mor Lam中的生活之歌總不自覺地跟著哼唱。

這些歌傳達著為了生存、為了生活而揮汗努力的真意，在人人的哼唱下流傳於大街小巷，其繁盛的程度幾乎已到了沒有音樂就無法活下去，街道上、村莊裡，只要有人的地方就充滿音樂。那不是一個人的音樂，流浪者樂團唱的是「Made in Japan」的歌，水牛樂團則是唱「Made in Thailand」的歌，後來更出現了像TAMADA樂團發表的〈我是泰國人？〉這樣的歌，唱著生活之歌的音樂人，將音樂串連出一種彼此共有的文化，那就像是韓國李朝時代的陶瓷器一樣。在如此大的地方，人們受到那些從事音樂的人們影響，開始期望著總有一天能夠成為製作貼近生活的事物，就像這些貼近生活的歌曲。

吟唱者只要有吉他或是鋼琴，便能在世界各地走唱，我也漸漸地想要像吟唱者那樣，邊旅行邊創作。

※1 譯註　此指二〇一一年之前的緬甸政府狀態。

因此，在我心深處一直有著強烈地嚮往歌頌或是貼近生活的音樂之心情，我希望能夠像是吟唱者那樣地創作。因為有了期望，不知不覺中我開始如吟歌般創作著，我的布創作展覽會就等同於音樂會，去參加展覽就好像巡迴演出一樣，我悄悄地在心裡如此想像。音樂有著壓倒性的力量讓人無法抵抗。我希望布創作也能夠有像音樂那樣震撼靈魂的力量，期待我能做出感動人心的，以及貼近生活的作品。

為了集中在布創作上，在進入那個世界時，我總是會聽著音樂。最近正在聽的是原田郁子的《怪獸與魔法》（獣と魔法）、友部正人的《奇蹟的果實》（奇跡の果実），還有大兒子象平介紹給我的Hanaregumi※2的《再見了COLOR》（サヨナラCOLOR），我很喜歡，常和孩子們一起聽。也聽Super Buter Dog與Fishmans（フィッシュマンズ）。在音樂的世界裡，我感覺自己與創作都有被解放的自由，從現實中被解放到空想的世界，在那裡有座只有我能找到的森林，處處結滿了果實，綠草的清香包覆著我的全身。朝著無限擴大的森林深處走去，在那個想像的世界裡，當內心所創造出來的東西也變得自由時，神祕而不可思議的事情也浮現了。從我這個現實之中被解放，在創作的森林中已經沒有我的存在，一切都變得空無，我明白活著就是一種美好，活著就是一種表現。如同克里希那穆提※3所言：「所謂的自由，就是你自己變成一道光」，如果光就是愛，我自己就是那道光照耀著四方，變成了愛，獨自存在於創作的森林裡。為了確認愛即是美※4，我才會這樣一針一線地創作著。貼近生活的音樂，一直在前往那座森林的入口處蜿蜒的流動著；一直為了空無的我，就這麼存在於生活當中。

自古以來，自然與人類靈魂就是由音樂、藝術、創作所串連起來的，只是現在的我們遺忘了。

※2 譯註　Hanaregumi，本名永積崇，原先是樂團 Super Buter Dog 的主唱。

※3 原註　克里希那穆提（Jiddu Krishnamurti），一八九五～一九八六。印度哲學家，聖人。《克里希那穆提傳》（*Merkmal Publisher, Tokyo*）。相對於釋一行禪師的「把握當下」，克里希那穆提的思想大概就是「感受當前」吧！他影響了我不要拼命去思考，而是放空去看見事實原有的樣貌。

※4 原註　赤木明登的著作《美麗的東西》（美しいもの，新潮社），赤木先生、智子小姐、哲平跟我四人時常討論著「何謂美的事物」。

活著，與世界產生關係

仔細聽著自己的喃喃自語。
存在於體內的力量。
那是湧自大自然的力量。

隨著自然，
隨著生命。
隨著人去感覺，
活下去。
當我們與人能產生共鳴而生之際，
便是最生氣蓬勃的。

為了與他人產生關係，我做布創作的工作；為了和自然產生關係，我下田播種；為了與家人、學徒們產生關係，我做飯。

從耕田、創作、做飯等等的生活中，我漸漸明白一些事情。

我的生命並不單單是指我這個人的存在，而是在自然、地球、宇宙之中，與一切相互連繫的一條生命，這意味著我健康，地球就健康；地球的狀態不佳，我也會跟著變差那樣的連動。這並不是隨便說說「我們該關心環境問題」就能明白，而是經由耕田、與村民聊天、生養孩子、學習丹田呼吸法等許多經驗融合在一起後所感應，當地球的自然被破壞，我的自然與身體也跟著損壞。

誕生於自然之物，如植物、動物，甚至是石頭，沒有一樣是無用的，人類也是如此，任何人的存在都有其使命。

從某個時候開始，我接受了自己原有的樣子，因為我也必須接受孩子原有的模樣。我家兩個孩子都是剛開始小學沒多久就因無法融入學校生活而抗拒去上課。面對說著「我不想要去上學」的孩子，我們接受、不責備，甚至試著以同理心去接受他，試著貼近孩子「想要如此」的心情。這對於一直以自我為出發點想事情的我與哲平來說，都不是馬上就能辦到的事。我跟哲平把這件事命名為「通通接受的運動」。

無論孩子說什麼，我們都不能回答「不行！」或是「不對！」，而是先說「是這樣呀！」。對於自我主張強烈的我們而言，說出「是這樣呀！」這樣的話是不會太過或是不及的回答。

即使這樣，對於到了早上還是不願意去上學的孩子，我們得要壓抑住不耐煩與怒氣，實在是很不容易。接受孩子情緒的同時，我也得接受自己的情緒與態度，在教養孩子上我似乎是遇到了挫折，但即使如此，這時候其實也不能做事情，只能與孩子面對，與他對話，跟他們一起種香菇、種田、撿拾柴木。

還有放下身段徹底陪著他們玩耍。例如組一隊蘇蘇探險隊，跟著狗兒蘇蘇四處遊玩，讓孩子們釋放體內的野性能量，在山林野地間盡情奔跑。每次跟著他們走在沒有山路到處都是草叢的地方，都讓我累得筋疲力竭。

本來孩子身上就有著人類身體深處的原始力量、與生俱來的力量，只是漸漸地因為某些原因導致通往身體深處的方法被阻塞了吧！然而我們想要自由、想要自己解放的力量會沉潛在身體裡面、蓄勢待發，隨時等著被解放。

因此，要改變與孩子的關係，首先要從改變自己開始。不否定自己既有的想法，接受原來的自己雖然是困難的，但我發現「一定要如此」的想法是與自由的心相抵觸的，那會破壞了所謂的自我。

我在成長過程中，與家人的關係；與哲平的關係；身為女人的我；被束縛的我，為了不要壓抑自己，得到被解放的自由，我試著探尋自己內心深處，至今我明白了我身體裡面的自然與天地宇宙相互聯繫。

此外，以一名播種者的身分、與縫紉工作、自然、及他人產生關係，一同生存、產生共鳴的我，也已經確實獲得解放。

現在終於可以傾聽自己的喃喃自語，坦率地傾聽身體的聲音，我開始認為自己同時也是大自然的一部分。從耕種之中我學習到女人就是土壤，是如同母親般的大地，如同母親般的地球，也讓我聽得到來自更深而廣大的天地間，說現在很好的聲音。像是刻在我的基因上，如同大地積蓄著充足的水分般，女人身上充滿生氣。女人是生於土、歸於土，並化於土，這是自然告訴我的事。

晴一先生

在山中的野生山豬，
豎起了耳朵後面的毛髮，
鼻子噗噗地噴氣，
看起來像是比實際大了一倍、兩倍。
我終於能理解，
山豬是山神化身的傳說。

這是在山上追捕山豬的晴一先生說過的話。晴一先生已於日前去世，這些日子以來，就像有段時間聽不到他的聲音一樣，心裡彷彿破了一個洞。以前每天下午三點的點心時間一到，他就會喊著「嘿！由美一切都好嗎？」，然後跟我們一起喝茶，我總是非常期待這段時光的來臨。我們請晴一先生用電鋸為哲平柴窯所需的松木原木切段，我們再與繪厤、八重一起將晴一先生切好的木頭搬去疊好，現在回想起來，這一切是如此令人懷念。晴一先生不虧是專業的樵夫，操作著電鋸將有四公尺高的松木鋸斷、推倒，氣勢十足，操著一口土佐腔聽來像是在說外國話，剛認識他時要是沒有人一旁補充說明，根本不懂他在說什麼。這十年來，如此長的時間，都有晴一先生與我們一起生活著。

現在望向家裡，四處都能看見晴一先生的作品，我才明白晴一先生一直都在傳授我們於谷相緩慢生活的智慧。我每天在廚房煮飯的兩塊砧板就是晴一先生做的；從工作室的窗戶可以望見晴一先生幫我修築的、被大雨破壞的石垣。為了讓森林公會的四噸大車可以開到我工作室的入口，他為我拓寬了石垣。另外也召集大家幫我把雞舍從窯旁移到離家近一點的地方，並加以補強，以防止蛇、狸貓與鼬的入侵。對了，還有梯田的果樹園裡原先種植了杉木，也是請晴一先生幫忙砍除的。

還有次晴一先生跟孩子們一起玩，他教了小兒子鯛怎麼去設捕捉野味的陷阱※1；在工作室的入口活捉到一條蝮蛇，教我怎麼用燒酒浸泡的也是晴一先生。為了不要傷

※1 原註　設來捕捉山豬、雞、兔子的陷阱。在谷相的日常用語中稱之為「輪差」。

到蝮蛇，得徒手、迅速地掐住牠的頭，放進一公升的瓶子裡飼養一個星期，之間只提供新鮮的水給牠，之後就可以拿來泡酒，現在我家倉庫裡就有兩瓶毒蛇酒，累的時候喝一點，可以補充精力。他也分給我一些以狸貓油製作的燙傷、刀傷的藥，最近因為手掌被燙到而拿出來用，不僅不會長水泡也沒留下疤痕，治癒後完好如初。晴一先生也運用了他的智慧，讓因颱風倒下的枇杷樹起死生還。這棵枇杷樹今年開始長出豐碩的果實。晴一先生在山上取得的美味野生蜂蜜，大概只需要一匙就能治好感冒，非常地滋養。我本來想等晴一先生康復後，可以教我怎麼在梯田裡設置養蜂箱的，如今卻來不及了，非常遺憾。

晴一先生是個樵夫，他就像是從前的人一樣擁有許多與自然共處的智慧，除此之外，他還為整個谷相的居民砍柴、修築石垣，給大家很多的幫助，總將谷相全體的幸福當作自己的幸福。不是為了自己而活，而是為了人們而活的人，最近我開始感覺到谷相人都有這樣的想法。例如，認為梯田不是只存在於這一代，而是要傳承給下一代、下一代。又像是陶瓷器，也很少出現一個人就能完成的作品，大多是像韓國李朝陶瓷器那樣運用傳承了好幾代技術所製造的成品，總是充滿力之美。

人們總以為只要是住在都市的有錢人或是名人就很了不起，但我更欽佩這些住在高知山上的老公公老婆婆，他們擁有高深的智慧，靠著在田裡種稻、種菜，抓山豬、採香菇或野菜自給自足。他們腳踏實地的方式，展現了何謂豐富的生活，也讓我明白，原來是因為他們的大愛之光，照亮周邊的人。我忘不了晴一先生大老遠地喊了聲「嘿！」便一路「呵！呵！呵！」地走向我們的身影。今後期望曾被照亮的我們，能成為自己以及別人的光。

現在，我所生存的社會裡很難看清楚我們究竟是為了什麼而活，或是生命意義，世界一片混沌。究竟該如何活下去，我們失去了現實感、失去了希望，整個社會都被閉塞、悶住了，電視新聞充斥著令人難過的資訊。想想到底為何會這樣呢？不禁想起晴一先生。要是這個社會的各個角落裡都有像晴一先生這樣的人，或是像宮澤賢治所說的「只有世界上所有人都獲得幸福，才會有個人的真正幸福！」的人日漸增加，我想這個世界才有可能會變得更平和。

晴一先生展現著生而為人、全心全意活著的快樂，就像是宮澤賢治筆下人物那樣呵呵笑地飛奔在每個場景之中，投入工作，誠心待人，像道彩虹般展現於我眼前。被彩虹美麗的光芒照耀過的我，也想要學習晴一先生的樂在工作、行止得宜、知所輕重。因為他讓我明白人生在世，萬事有如連環鎖鍊，彼此環環相扣，若只為自己而活，生命的長度其實相當短暫，所以我們要承接先人的智慧，並且如鎖鍊般繼續傳授下去。

那就像美洲印地安人、澳洲毛利人，或是泰國深山少數民族紅族等，雖然沒有文字可以記錄，卻仍將歷史化為故事，口耳相傳。我們要像鎖鍊般將智慧串連起來，並且不要忘記活著就是要將故事傳承下去，不要忘記我們不是單獨的個體，而是作為全人類的種子活著。現今世上不就因為人與人之間不再相互連結，不再與自然有關係，而無法獲得內在豐富滿足的生活方式嗎！

人生在世就像一顆種子，一邊接收著許多記憶，一邊傳播給其他人，晴一先生便是如此。他是個偉大的人，胸襟之大，整個谷相無人可及，他的過世讓整個谷相陷入深深的悲傷之中，而當時搬進谷相的修司、道子與阿健提醒了我們這件事，同時為我們深深的哀傷帶進一道曙光。他們來時，八重開心地跳了起來（至少離地十公分），忍不住用雙手拍打著我的背、歡天喜地歡迎他們的到來。晴一先生要是看見他們一根一根地將稻秧插入田裡，一定也會打從心底大大歡喜吧！畢竟種田也是建構未來的一項工作。

聽著吹過金黃稻穗的風之聲，整個谷相回復了平靜，當所有的言語與想法都消失之際，無法用言語、心與精神形容、已化為土壤的晴一先生會來到我們身邊吧！晴一先生已從肉體脫離，化成一縷靈魂起身旅行，昨天也幻化成螢火蟲來到我們家，停在正於廚房準備晚餐的我的手上。

晴一先生的願望※2、光芒與愛傳給了每個人，總有一天在谷相會出現橡樹林吧！這世上有太多大人的心靈、語言都太浮濫，不給其他人事物存在的餘地，但晴一先生總像個剛完成的陶器般柔軟、虛心，像個白紙般充滿好奇心的少年、照顧著身邊每一個人。正因為是個虛懷若谷的陶器，才能宏觀全體的幸福，這也是他教會我自此之後安身立命的人生觀，這樣的晴一先生正是我所景仰的播種人。

※2 原註　身為樵夫，晴一先生的夢想竟是在到處都是梯田與植林的谷相造一片橡樹林。

森林的贈禮

森林是我們這些生物的棲所，
也是開著花的樹群之棲息地。
像是集合了寂靜的聲音、樹木的香氣與森林的記憶般，
森林的蜂蜜是釀造自森林的贈禮。
是期望有一天能造出一片橡樹林的晴一先生的贈禮。
晴一先生曾經活過，便是森林送給我們最好的禮物。

自從我在高知港邊每週六都會出現的有機市集※1上遇見了枇杷蜂蜜之後，便深深地被這帶有枇杷香的蜂蜜擄獲，大概是從與晴一先生相遇之後吧？我開始夢想著總有

一天，能夠自給自足地享用這香氣令人陶醉的蜂蜜。

樵夫晴一是個對森林瞭若指掌的森木專家，前一陣子非常熱中於飼養蜜蜂。他採集了橡木蜂蜜並分了一些給我。那味道充滿了生命力，遇上風寒喉嚨痛之類的不適時，含上一匙便能治好，非常滋補。

不知為何，這些非購自外地，而是產自谷相當地的食物，在在都充滿了生命力，令人驚訝，比如野生的山豬肉或是蔬菜：八重的地黍（原本好像是某種玉米的原生種，一顆顆像是玄米般堅硬，深黃色、顆粒結實且飽滿。味道濃郁。很有飽足感）、糯黍（交雜著白色與紫色小顆粒糯米般的玉米。在泰國也可見到小販將其煮熟，在攤位上或以扁擔挑出來販售）、茶豆（八重一代又一代育種的紅褐色豆子，口感鬆軟非常好吃）等等。這些食物的能量不僅僅滲透到我們的身體裡，也在八重的田裡一代又一代地延續著，所以倍感親切。因為那是由生命力所構成的食物，一吃下肚便喚起我們體內沉睡的野性，喚醒了以自己的力量去調理身體、所謂自然治癒力的野性。

為了能夠達到自給自足這充滿生命力的蜂蜜，於是我開始想要習得養蜂的智慧。在我決心要趁晴一先生還健在時好好學習採集蜂蜜的智慧，卻在夢想實現之前，晴一先生的病況越來越不好，因而改向另一位蜂蜜老師秀雄先生學習，於是在小果樹園中設

※1 原註 有機市集（organic market），販賣不使用農藥和化學肥料，自家生產的農作物、無添加的食品。重視吃的安全、安心，吸引了高知的年輕人前來。

置了五個蜂箱。

蜂箱，是一種在木箱塗上蜂蜜的原始設置。在病床上晴一先生也不忘叮嚀我說：「由美呀，你要含一口燒酌，在新蜂箱噴上一圈哦」，還教我「預先塗上蜜蠟與砂糖水、蜂蜜」、「要放在山崖邊與森林的坡上」。

蜜蜂在果樹園的花欉間飛行，我夢想著哪一天牠們會願意來到我的蜂箱裡築巢。據說每年會有四次生衍新的女王蜂，舊的女王蜂大約在四月二十日到五月二十日之間會帶著工蜂另築新巢。

但是今年分蜂時期，我的蜂巢沒有蜜蜂入住，讓我好生沮喪，好在有八重告訴我說，已過世的晴一先生在森林各處擺放的蜂箱已開放給大家去取蜂蜜，我夢寐以求的採蜂蜜才得以提早實現。

盛夏中的某一天，一大早，與為了拍攝書籍照片而來的椿野、道子與阿健、修司他們一起去森林裡採蜂蜜。

採蜂蜜時要穿白色的衣服，戴有網子的帽子。教我們採蜂蜜的老師是秀雄先生。

首先，我們先去我家鄰居泰生家旁邊所放置的蜂箱看看。

輕輕地將箱子打開，可見整箱滿滿的有如純白珊瑚般的蜂巢，花蜜的香氣整個撲鼻而來。正當我們還陶醉其中時，突然間來了兩隻蜜峰的天敵——胡蜂所組成的偵查隊，晴一先生在每個蜂箱都備有蒼蠅拍，便啪地一聲朝胡蜂打下去。

在這個蜂箱裡的蜂窩雖有滿滿的蜂蜜，但也是蜜蜂已搬到其他蜂箱的遺跡。秀雄先生拿出放大版的細長鐵鏟或是黏土刮刀般的道具，卡啦卡啦地將蜂箱裡的白色蜂窩一一取出，喀嚓地一聲將蜂巢切開，立刻來試試蜂蜜的味道，帶著花香的甘甜、清爽的口感十分迷人。

將雪白的蜂窩放回原來的箱子之後，我們接著出發前往在森林裡擺有蜂箱的地方，一路沿著林道登到崖上，共設置了三個蜂箱。

這三個蜂箱都有蜜蜂嗡嗡來回飛著。悄悄地翻開蜂箱，也是充滿蜂蜜的蜂巢，且蜂巢是黃色的。飛回來的蜜蜂才剛採集回來，腳上沾著黃色花粉像是綁在腳上的球，模樣十分可愛。蜜蜂在蜂箱內外進進出出。

嚐一口這裡的蜂蜜，呈現褐色、帶有黏性。

這回的蜂箱裡有著滿滿的蜜蜂，我們在那上面加放我帶來的蜂箱，以鐵棒敲著箱子，耐心等待蜜蜂移往上面的箱子。雪上加霜的是，移巢時不小心讓糾結成團的蜜蜂掉到地上，頓時間所有人的身邊佈滿了幾千隻蜜蜂，我們急忙地將帽子上的網子蓋起來，歷經了三十分鐘動也不能動，等待平靜。有的蜜蜂會螫人、有的不會，我們只能靜靜地等待他們飛進上面的蜂箱。當女王蜂飛進上面的蜂箱裡，很快地其他的蜜蜂也會跟著移動，情況漸漸穩定下來。

蜜蜂振動翅膀所發出來的聲音，是在山中生活的聲音之中最引人注意的，總會在別的生物界裡傳開。如果設陷阱獵捕山豬是一種動，那麼採集蜂蜜則是靜，彷彿是森林的冥想般，像是潛入昆蟲的世界中，闖進了宮崎駿所描繪的《風之谷》娜烏西卡所面對的王蟲世界般。

我們在生活中或笑或哭，有時也會吵架，與此同時，蜜蜂在花欉間採集花蜜，蓄積於此。如此緊緊與我們的生活相依，蜜蜂辛勤地工作造就了這些甜美的蜂蜜。

教我們採蜂蜜的秀雄先生說，他是從飼養蜜蜂的父親那兒學會了相關的知識，而他的父親又是從爺爺那兒傳承。我才知道原來採蜂蜜是如此代代相傳、非常原始的工作。

設置蜂箱，耐心等待蜜蜂看上這蜂箱，飛來築巢。聽說蜜蜂討厭除草劑。

我們保護蜜蜂不受胡蜂、螞蟻、巢蟲的攻擊，為牠們清理環境，因而獲得牠們回報的蜂蜜。從六個蜂箱裡摘完蜂巢回來已經是傍晚時分了。這一整天充實的工作帶給我無法言喻的興奮心情。

那感覺正是自繩文時代就已存在於我們的基因裡、對採集狩獵的雀躍。

大家也看到了因為一籃子滿滿的蜂窩，臉上不自覺地露出笑容。

回到家之後才是真正辛苦的開始，我們家成了蜂蜜工廠。使用晴一先生留下來的大桶子加篩子等三件一套的道具，仔細地製作蜂蜜。在向陽處較熱的地方放置兩、三天，等待蜂蜜一點一滴落下，然後一瓶瓶裝進瓶中，最後在瓶子的標籤上畫上「晴一先生的贈禮」。

隔天，也去打掃蜂箱、在蜂箱塗上蜜蠟。無論是哪個蜂箱，都遺留著已經離開了的晴一先生工作時的身影，再次讓我對這位森林專家感到欽佩。他來回穿梭在森林、山野中，對這裡的一切瞭若指掌，才會知道在何處放置蜂箱是最合適的。看著晴一先生留下來的工作足跡，感覺自己好像稍微又再對內心充滿野性的晴一先生多了一些了解，因而獲得力量，並感到幸福。途中，已是中學生的鯛也來了，跟著修司一起，做著跟大人一樣的工作，這實在是太有趣了。有時也經過需爬山或攀岩的地方，充滿挑戰的一天。就這樣，我們家開始了自給自足蜂蜜的日子。我仍夢想，總有一天，蜜蜂會進到我的蜂箱裡。到時也來將採完蜂蜜的蜂巢拿來製作蜜蠟、蜂蠟與蠟油吧！

我終於明白為何晴一先生的夢想是要造一座橡樹林。因為橡子可作為山豬的誘餌，橡樹開的花可讓蜜蜂採蜜，折下樹枝可做為栽培香菇的段木，有這些用處，無怪乎他會想要有座橡木林。在這森林裡，晴一先生可以開心地捕捉山豬，到處設置蜂箱吧！

樵夫晴一先生在人造杉林伐木，但是本能上仍然渴望著有豐富生態的闊葉林，所以他才會想要栽種橡樹，夢想著與生氣蓬勃的森林一起生活。

我們所居住的谷相的森林深處，即是晴一先生的祕密森林。在那裡他與八重一同建造了小屋，一邊開墾一邊栽種橡樹，以原木栽種香菇、平菇，摘取山菜，過著晴耕雨讀的生活。栽植橡樹，長成森林，需要的是時間。相對於森林成長的時間，人類的生命是不足以趕上如此大的希望。這個夢想的實現，需從我再傳述給年輕人，如同播種般將夢想著打造一片橡樹林的晴一先生的生存之道一代接一代地口耳相傳。

沒錯，晴一先生曾經活在世上這件事，就是森林送給我們的大禮。

蜂蜜的採集
森林的贈與網子
①
開一個洞（約1公分）
可讓蜜蜂進入
石
鍍鋅鐵皮浪版
以舊板子做成
倒過來是個有底的箱子
山上四處都擺了蜜蜂的屋子
小山丘的崖上、石垣、
混凝土牆上都很適合．
陰涼處
②
像這種形狀的鐵棒
網子
白色
白色
水桶
③
白色的巢
4月20日
~5月20日期間，
舊的女王蜂離開，
然後築新巢．
在夏天完成
像是全白大坐墊的巢
④
天敵胡蜂
新的蜂箱
女王蜂
悄悄地把箱子倒過來放
在倒過來的蜂箱中，
有很多的蜜蜂．
女王蜂一移動到上面，就全體動員，
大約30分鐘便幾乎進入下面的箱子．
⑤
用鐵棒把底部蜂巢黏住的部分刮下來，
把蜂巢取出．
⑥
在日正當中的烈日下，2天，
以網子滴蜂蜜．
然後再用網子
過濾裝瓶．
以留下來的蜂巢
做蜂蠟

後記　與土為伴的生活

希望將來有一天，我能成為一名可愛的老婆婆。

有很多事情都是向老婆婆學習的。老婆婆累積了大把年紀既種田也動手做東西，擁有許多的智慧。例如縫製工作褲、染布、種菜、醃製食物……等。現在的我，每日進行的布創作與耕種就像是老婆婆傳給我的智慧結晶。

我們幾乎沒有在土地上生活的智慧。首先是因為這些智慧不論是在學校或家裡都不會有人教。隨著自己的感受力提升的同時，我發現在這樣的年代，我們更加需要在地球上、在土地上生活的智慧。

究竟得要去哪裡、在什麼時候才能學到這些智慧呢？我想到可以去問住在山上或村裡的老婆婆。就在與她學習的過程中，我發現自己也想住在山上，然後，希望有一天我也能成為一名可愛的老婆婆。

我認為，上了年紀就具有敏銳的感受力、有智慧、懂很多，是一件非常棒的事情。年輕時，我總是只說不做。現在，我明白所謂言行一致，就跟與土地為伴的生活是一樣的。

跟著太陽或月亮作息、與土地為伴的生活，因為它們都在我們身邊，只要用心，任誰都可以做到。現在，有土為伴的生活，原來就是和地球感覺相繫，並深入到我們的意識之中，根植在每個人的內心。

這身在地球上的意識，讓我感覺到生活不只是每日的運行，也能想像我們是與亞洲各地的人們相聯繫。一想到生活，也會聯想到同時在西藏的人們。生活根著於地球。我的幸福與世界上所有人的幸福緊緊相連，因為人類不是獨自生活的動物，而是群居動物，不論是不安、快樂或是歡喜的情緒都會彼此傳染。現在，透過電視、網路，傳遞的速度也變得越來越快；有一次我試著感受腦海中所謂自己的存在，透過耕地、親近地球，從土為出發點去思考、感受，將那感覺得到的結果作為自己的根基。

年輕時，會覺得這世界是由政治、經濟來轉動，現在我知道如果地球上人們的想法改變了，生活也會改變。在至今以男性為主的社會中，生活仍是次要的，被認為是附屬於社會之下的，但現在人們的想法漸漸開始改變。在我周邊越來越多人想要開始從生活的根基做改變，過著小小的、簡單的生活。用心地過生活，希望生活即工作，工作即生活。

在我們家，生活與工作是兩面一體的，主婦即主夫，兩人都在生活也都有工作。田裡的事以我為中心，哲平則是負責與柴薪相關的事，與工作及生活彼此交互影響，就像是鏡子一樣。我相信，是我們正視了生活，才帶來了理想的工作，因為我與哲平都在創作著生活道具。或許是因為與土為伴的生活作為根基，才讓兩個人都能愉快地將生活作為工作，讓工作即為生活，這就好像是從前的人們一樣。

我想，原本在人類的身體裡，就有著必須與土為伴、否則會感到不舒服的基因。我們光是站在土地上就變得精神多了，這也是為何現在有越來越多人與土一同生活。

換句話說，在土之上的生活，培育著活在地球上的感覺。人只要一站在土上，自然地就會明白適合人類的生活方式與幸福。土壤就好像人類的故鄉，回歸大地的深意，或許意味著我們已知道、感受到，有一天我們終將回歸土壤。與土為伴的生活，應該是人類最根本的希望吧！來去種田吧！播種人的種子撒在地球上，綠色的覺醒漸漸蔓延。小小的田地終將成為森林，當你發現精靈的祈禱時，應該就能明白這浩大的世界。播種人的夢想之地即為有精靈存在的森林。

言語化成了螢火蟲，在我們那片滿是精靈的森林與田間及布創作的時間中飛舞，藉由文字去思考感受，以及有人指導之下，最終完成這本耕食筆記。文字是柔軟的，與土壤（粘土）相似，我知道書很快地也會從土裡誕生。

於是，我開始寫這本書，才驚覺原來寫書與創作物件是如此不同。因為有許多人的幫忙，使得書漸漸完成。我認識了丹治、祥見，才讓這本書成形，內心感到非常地開心。由衷感謝。

早川由美

寫於植甘蔗苗的日子。

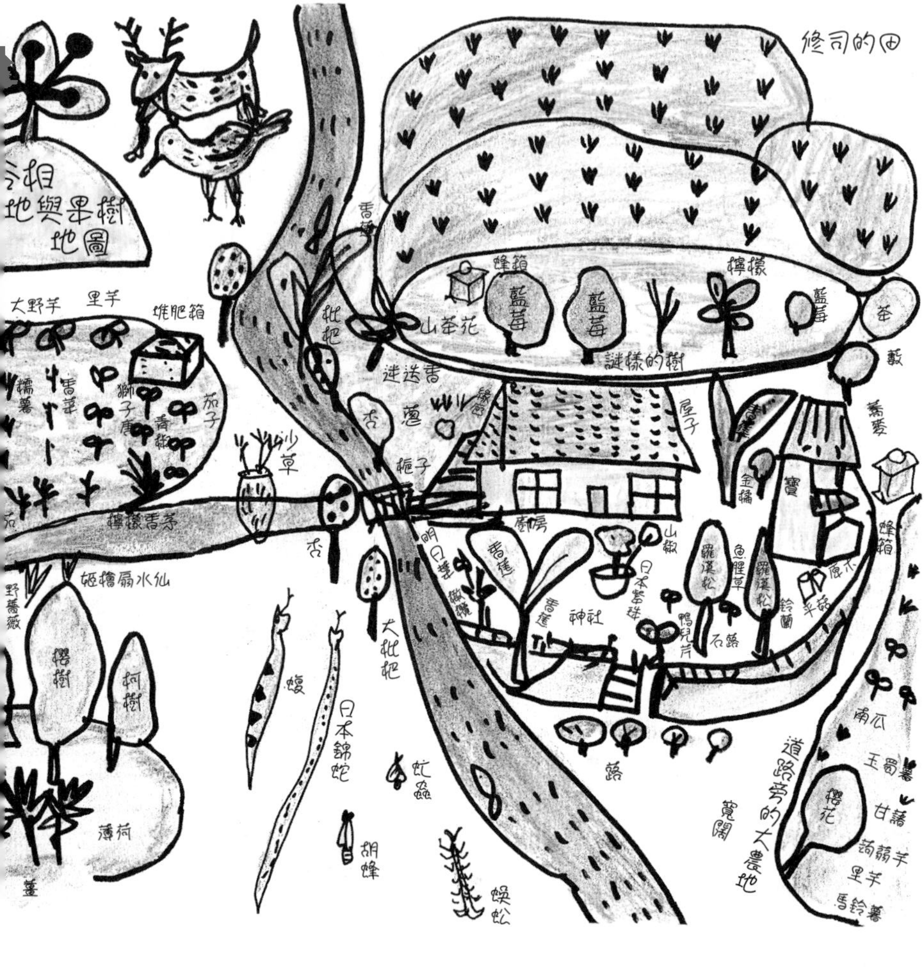
地與果樹
地圖
修司的田
蜂箱
藍莓
藍莓
檸檬
藍莓
茶
山茶花
謎樣的樹
迷迭香
枇杷
杏
蔥
屋子
梔子
廚房
明日葉
香蕉
神社
山椒
羅漢松
魚腥草
羅漢松
鴨兒芹
石路
鈴蘭
原木
金橘
寶
蕎麥
蜂箱
南瓜
甘藷
里芋
馬鈴薯
櫻花
道路旁的大農地
寬闊
路
大枇杷
蜈蚣
胡蜂
日本錦蛇
蝮
薄荷
櫻樹
柯樹
姬檜扇水仙
野薔薇
薑
檸檬香茅
杏
太野芋
里芋
堆肥箱
獅子唐
茄子

交讓木
小小的果樹園
被砍下的檸檬
茶樹
柿子
栗
栗
栗
藍莓
藍莓
藍莓
樸樹
石榴
蜂箱
梨
蘋果
柿子
橘子
桃
藍莓
檸檬
柚子
蜂箱
蜂箱
枇杷
枇杷
魚腥草
酸桔仔
南高梅
南高梅
白梅
小梅
小梅
杏
石榴
梅
茶
茶
蔥
蠶豆
檸檬香茅
牛蒡
小小的旱田
櫸樹
櫻桃
香蕉
竹
四方竹
柴窯
窯口
柴窯
鋸木房
小屋
韭菜
紅馬鈴薯
浴室
我的入口
工作室
櫻桃
棕櫚

工作褲製作方法

從凡事花錢買到自己動手做

亞洲服裝，像是韓國傳統的褲子，或泰國山岳民族傳統的短褲等，寬鬆的剪裁，讓身體可以自在地活動．

不論穿著下田工作或是當家居服穿，都讓人感到輕鬆自在．

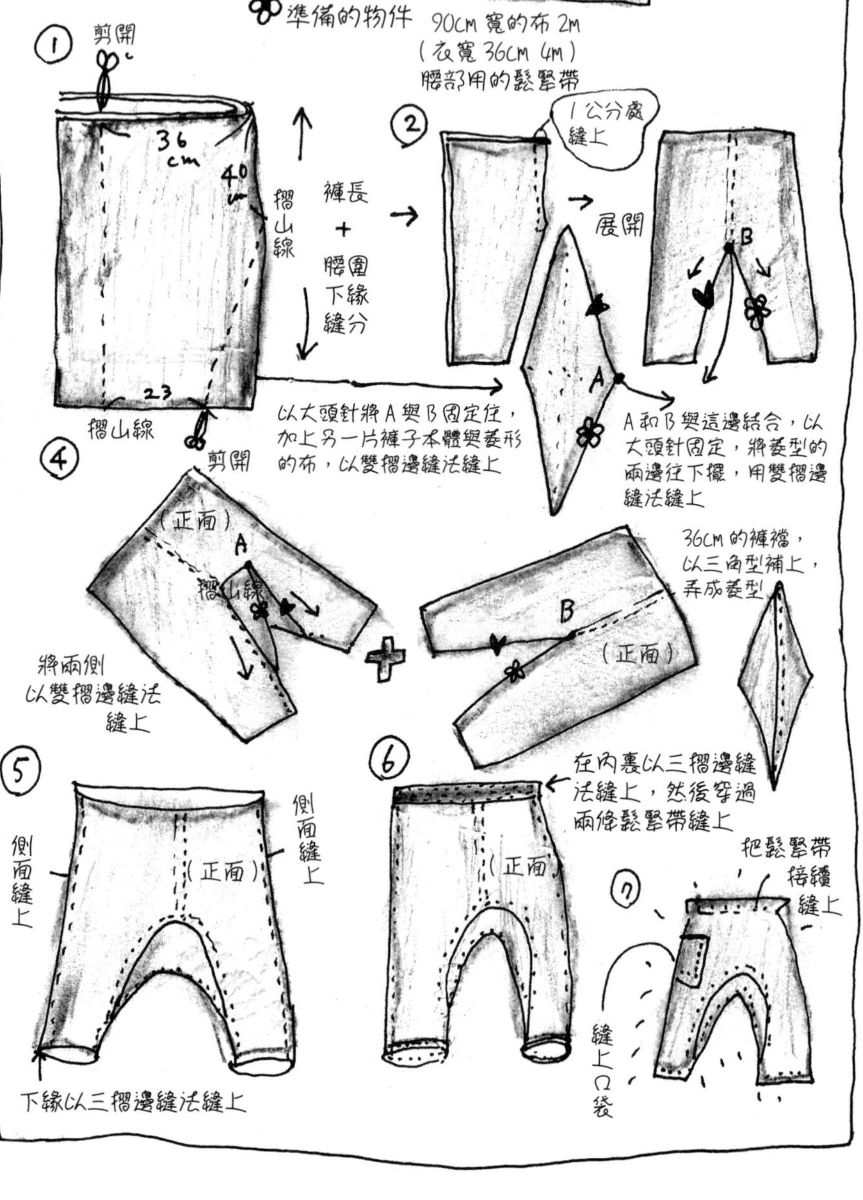

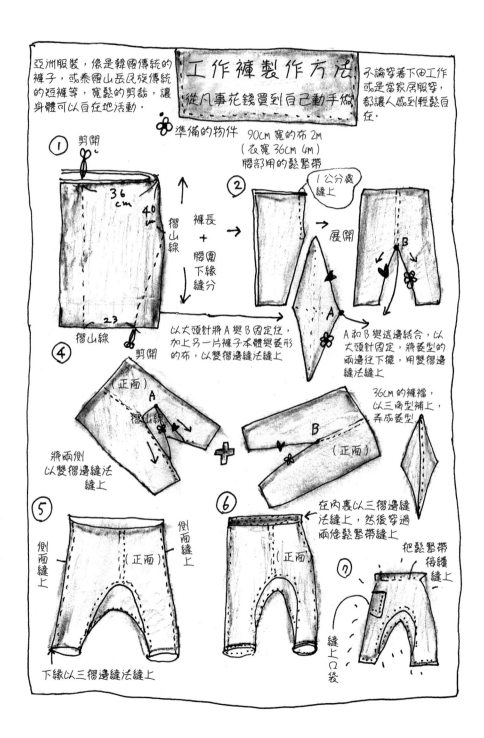

準備的物件
90cm 寬的布 2m
（衣寬 36cm 4m）
腰部用的鬆緊帶
①
剪開
36 cm
40 cm
摺山線
23
摺山線
剪開
褲長 + 腰圍下緣縫分
②
1公分處縫上
展開
A
B
以大頭針將A與B固定住，加上另一片褲子本體與菱形的布，以雙摺邊縫法縫上
A和B與這邊結合，以大頭針固定，將菱型的兩邊往下擺，用雙摺邊縫法縫上
④
（正面）
A
摺山線
將兩側以雙摺邊縫法縫上
B
（正面）
36cm的褲襠，以三角型補上，弄成菱型
⑤
側面縫上
（正面）
側面縫上
下緣以三摺邊縫法縫上
⑥
（正面）
在內裏以三摺邊縫法縫上，然後穿過兩條鬆緊帶縫上
⑦
把鬆緊帶接續縫上
縫上口袋

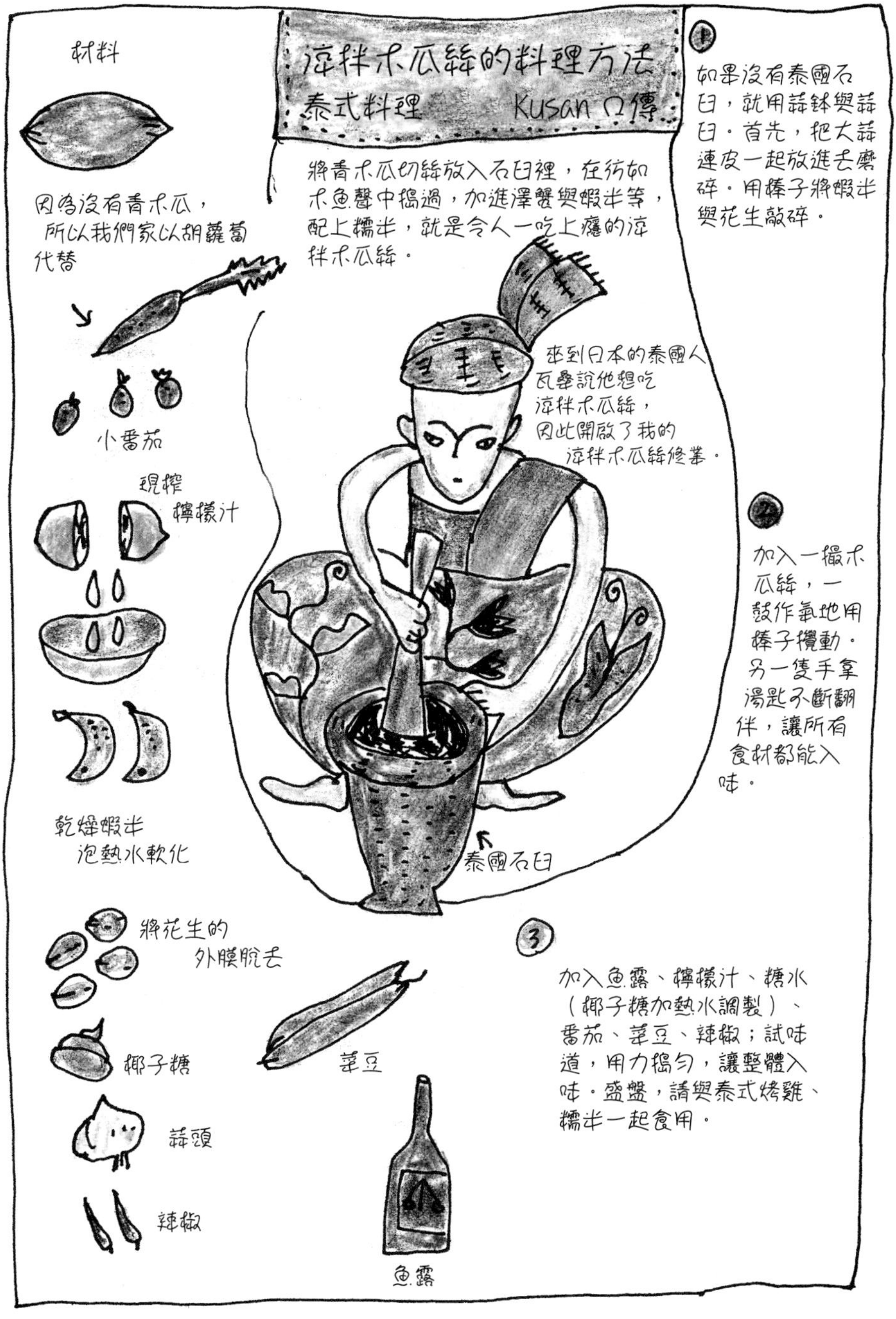
涼拌木瓜絲的料理方法
泰式料理　Kusan口傳
材料
因為沒有青木瓜，所以我們家以胡蘿蔔代替
小番茄
現榨檸檬汁
乾燥蝦米泡熱水軟化
將花生的外膜脫去
椰子糖
蒜頭
辣椒
將青木瓜切絲放入石臼裡，在彷如木魚聲中搗過，加進澤蟹與蝦米等，配上糯米，就是令人一吃上癮的涼拌木瓜絲。
來到日本的泰國人瓦曇說他想吃涼拌木瓜絲，因此開啟了我的涼拌木瓜絲修業。
泰國石臼
1
如果沒有泰國石臼，就用蒜缽與蒜臼。首先，把大蒜連皮一起放進去磨碎。用棒子將蝦米與花生敲碎。
2
加入一撮木瓜絲，一鼓作氣地用棒子攪動。另一隻手拿湯匙不斷翻拌，讓所有食材都能入味。
3
加入魚露、檸檬汁、糖水（椰子糖加熱水調製）、番茄、菜豆、辣椒；試味道，用力搗勻，讓整體入味。盛盤，請與泰式烤雞、糯米一起食用。
菜豆
魚露

撰文・插畫
早川由美
HAYAKAWA YUMI／織品藝術家

1957 年　出生。
1983 年　環遊亞洲各國。
初識亞洲手紡手織的布品。
首次體驗泰國農村的生活、少數山地民族的生活，遇見了「為生而藝術運動」歌手、詩人、畫家等。
1985 年　與哲平在愛知縣常滑市的小山中展開農耕生活，在家養育孩子。
1986 年　舉辦「耕種人的夢想」個展（Gallery 玄海，東京都）。
1987 年　在泰國的佛統（Nakhon Pathom）生活，一針一線地織作。
於曼谷辛巴克恩藝術大學（Silpakorn University）與清邁直根環境藝術中心（Tap Root Society）舉辦展覽。
1988 年　帶孩子前往印度與尼泊爾旅行。
1994 年　在泰國的丹奎安村（Dan Kwian）創作。
1998 年　移居日本高知縣的山頂。
在梯田上開闢小小的果園及耕地。
與谷相的耕種人們相遇。
1999 年　舉辦「耕種人的穿著」個展
（藝廊 菜之花，神奈川縣小田原市）。
2001 年　「針針密密包覆種子生命的服飾」個展
（Gallery cinquième，愛媛縣松山市）。
2005 年　舉辦「土地。布」個展（藝廊 梅屋，福岡縣）。
2008 年　舉辦「生於土地。與布生活」個展（藝廊 月草，奈良縣奈良市）。
另有其他數檔個展。

以亞洲手紡線，手織布，蓼藍、黑檀果、蟲漆等的草木染、泥染的布，山地少數民族生產的布品、柿涉染布、立陶宛麻布等，手工刺繡、縫製成服飾，在各地展出。
平時除了在陶藝家丈夫小野哲平的柴窯幫忙外，同時也耕種、植樹，與家人一同旅行，探尋亞洲的布品。
時常與陶藝家小野節郎舉辦雙人展。

網站 www.une-une.com
部落格 http://yumipepe.exblog.jp

譯者
朱信如
輔仁大學日文系畢業，目前埋首於圖書出版相關產業。譯有《圖解企劃案撰寫入門》、《弘兼憲史上班族整理術》、《弘兼憲史教你活用記事本》。

國家圖書館出版品預行編目資料

半農半創作，悠悠晃晃的每一天：早川由美的耕食生活手記 / 早川由美 作；朱信如 譯
－初版 . -- 臺北市：大鴻藝術 , 2014.07
272 面 ; 15×21 公分 --（藝生活 ; 9）
譯自：種まきノート―ちくちく、畑、ごはんの暮らし
ISBN 978-986-90240-0-6（平裝）

861.67　　　102025826

藝生活 009

半農半創作，悠悠晃晃的每一天｜早川由美的耕食生活手記

種まきノート―ちくちく、畑、ごはんの暮らし

作　　者｜早川由美
譯　　者｜朱信如
責 任 編 輯｜賴譽夫
文 字 編 輯｜王淑儀、賴譽夫
設 計 排 版｜一瞬 蔡南昇 吳之正

主　　編｜賴譽夫
行 銷 公 關｜羅家芳
發 行 人｜江明玉
出 版、發 行｜大鴻藝術股份有限公司｜大藝出版事業部
台北市 103 大同區鄭州路 87 號 11 樓之 2
電話：(02) 2559-0510　傳真：(02) 2559-0502
E-mail：service@abigart.com
總 經 銷｜高寶書版集團
台北市 114 內湖區洲子街 88 號 3F
電話：(02) 2799-2788　傳真：(02) 2799-0909
印　　刷｜韋懋實業有限公司
新北市 235 中和區立德街 11 號 4 樓
電話：(02) 2225-1132

2014 年 7 月初版　　Printed in Taiwan
定價 360 元　　ISBN 978-986-90240-0-6

最新大藝出版書籍相關訊息與意見流通，請加入 Facebook 粉絲頁
http://www.facebook.com/abigartpress